# 美人のつくり方

椰月美智子

PHP
文芸文庫

○本表紙デザイン＋ロゴ＝川上成夫

美人のつくり方【目次】

# 第一話

# 純代の場合

彩華《あやか》が不機嫌だ。今日も学校から帰ってきて、ただいまも言わずにさっさと二階の自室に入ってしまった。

「おやつあるわよ」

ノックして彩華の部屋をのぞくと、背を向けて座っていた彩華がこちらを振り返った。

「いい、いらない」

「彩華の好きなクスノキのカップケーキだよ」

さっきわざわざ出向いて、買い求めてきたのだ。

「じゃあ、あとで食べる」

少しの沈黙のあと、彩華が小さい声で答えた。

「下で待ってるね」

そう言ってドアを閉め、純代《すみよ》は階段を下りた。コーヒーをドリップして、彩華の好きな甘いコーヒー牛乳を作る。九月半ばを過ぎてもまだ蒸し暑いが、エアコンを入れるほどではないと思い、扇風機を回す。

しばらくしてから階段を下りる音が聞こえ、彩華がリビングに顔を出した。無言で席に着き、無表情でカップケーキを口に入れ、むっつりとコーヒー牛乳を飲んでいる。

「おいしいね」

純代が言うと、渋々《しぶしぶ》というふうにうなずいた。

「なんだか元気ないわね。大丈夫?」

彩華はじいっと母親の純代を見つめ、あきらめたように目だけでうなずいた。

「卓球部はどう?　たのしい?」

「べつに。ふつう」

言いながら、リモコンを操作してテレビをつける。再放送のドラマが映るが、見る気はないらしい。

「ねえ、彩華。学校でなにかあった?」

「なんで急にそんなこと聞くの?　わけわかんない」

「そう?　それならいいけど。ねえ、今度お友達でも連れてきなさいよ」

「はあ?　なんで」

娘のきつい口調に、純代はたじろぐ。

「おかあさんが中学生のときは、よくお友達の家に行ったり、家に遊びに来たりしてたから」

笑顔を作ってそう言った。彩華はまた、純代をじっと見据えてから、

「カップケーキもう一つもらうね。上で食べる」

と言って、テレビを消して席を立った。これ以上、母親と話をしたくないという態度に、純代も遠慮してしまう。彩華の姿が見えなくなってから、純代は小さなため息をついた。

新学期前までは、たのしく会話ができていたというのに、どうしたというのだろう。中学一年。母親がうっとうしい年頃だというのはわかっているが、ついつい余計な詮索をしてしまいそうになる。

あれほど親子でがんばった中学受験。見事、希望の優蘭《ゆうらん》学院中等部に合格したときは抱き合って喜んだが、初等部からある私立女子校だ。内部進学組と中等部からの外部入学組の間で、なにかしら溝のようなものがあるのかもしれない。

女の子たちの友達関係は、微妙な均衡の上に成り立っていることぐらい純代にもわかる。純代は公立中学だったが、女子たちの同性のランク付けには覚えがあった。今は、三十年前の女子たちのあれこれより、もっと複雑だろう。

彩華と同じ小学校から優蘭学院中等部に進学したのは、真朝《まあさ》ちゃんだけだ。クラスは異なるが、駅で待ち合わせをしていつも一緒に通学している。

真朝ちゃんママに連絡してみようか、となんの気なしに思うが、真朝ちゃんママの明るい笑顔を思い浮かべて、純代は小さくため息をついた。

真朝ちゃんママは少々苦手だった。裏表のないとてもいい人だけど、どんなときでも自信がみなぎっているような彼女を前にすると、意味なく臆してしまう自分がいるのだった。真朝ちゃんママは、純代が思うところの「きらきらの人」だ。人は、「きらきらの人」と「そうでない人」に分かれると、純代は思っている。自分はむろん「そうでない人」だ。

真朝ちゃんは小六の夏休み前に急きょ、優蘭学院中等部の受験を決めた。六年生のとき、彩華とはクラスが違ったが、彩華が優蘭学院を受けることを知った真朝ちゃんは、すぐに彩華と同じ塾に通いはじめた。

当時、彩華からその話を聞いた純代は、実のところおもしろくなかった。受験生が一人増えるということは、一人分合格する可能性が低くなることだと思ったし、多大な労力と時間を使って収集した情報を、なんの苦労もなく聞き出し、あっさりと手に入れた真朝ちゃんに苦々しい思いがあった。いや、真朝ちゃんではなく、真朝ちゃんママにだ。

純代と彩華は、四年生のときからたくさんの私立中学校に下見に行って、学習面、校風、部活動、設備など、あらゆる面から検討して優蘭学院に決めたのだし、また優蘭学院中等部受験に強い塾をさがすのだって一苦労だった。それなのに、それを喜んで教え、うれしそうに純代に報告する我が子のお人好しぶりにも呆《あき》れた。

真朝ちゃんは、当時入ったばかりの塾での学力テストで彩華よりも順位が良かったし、「おかげさまでいろいろと助かりました」と、わざわざ挨拶《あいさつ》に訪れてくれた真朝ちゃんママは、とてもきれいでさわやかな人だった。

はあーっ。純代はさっきよりも大きなため息をついた。

夫と娘を送り出したあと、ざっと新聞に目を通し、一緒に入ってくる求人の折り込みチラシを眺める。彩華が中学に入って一段落したので、どこかでパートでもしたいと考えているけれど、ここぞというところがなく今日もそのまま閉じた。

まだまだ残暑が厳しいけれど、今日こそは庭の草むしりをしないといけないだろう。雑草の威力はすさまじく、抜いても抜いても次から次へと生えてくる。純代はアームカバーをし、大きな麦わら帽子を被り、虫よけスプレーを全身に吹きかけて庭に出た。

小さな庭だけど、シラカシ、キンモクセイ、イロハモミジが植わっている。家を建てるときに夫が選んで決めたものだけど、こうして庭の手入れをするのは純代ばかりで、夫も彩華も雑草が生えていようと毛虫がいようと気にならないらしい。

黙々と手を動かして雑草をむしり、こめかみから流れる汗を首に巻いたタオルで拭《ぬぐ》う。顔と首にたっぷりと日焼け止めを塗ったけれど、そのほとんどは落ちているだろう。純代は、土のなかから出てくるさまざまな生き物にときおり悲鳴をあげながら、半分ほど終わったところで作業を一時中断し、残りは午後からにしようと決めた。

彩華のお弁当の残りで昼食を食べ、テレビを見ながらつい横になる。扇風機の風が気持ちいい。目をつぶり、眠いなあと思った瞬間にはすでに眠っていたらしい。ハッとして起きたときは、三時半を回っていた。枕にしていた座布団によだれのシミができている。慌てて水拭きして外に干し、そのまま庭に出て草むしりの続きに取りかかった。

無心で草を抜いていると、なんだか自分というものが心もとなく思えてくる。こんなふうに建設的に庭の草むしりをしているというのに、普段なにもしないで家でぼんやりしているときのほうが、あせりが少ないのだった。意欲的に動くと、あれもしなくてはこれもしなければと、もっとなにかをしなくてはと思ってしまう。

しゃがみっぱなしで腰が痛くなり、立ち上がってぽくぽくと腰を叩いた瞬間、バチッとなにかが顔に当たった。頭上を黒っぽい虫が飛んでいくのが見えた。まぶたがちくりと痛い。

虫に刺されたらしい。たいしたことはないと判断し、純代は草むしりを続行した。あと少しなので、今日中にやってしまいたかった。右目がずんと重く、軍手をしている手の甲で軽くこすったところ、軍手にほんの少し血がついた。今、自分がどんな顔をしているのか不安だったが、とりあえず自動的に手を動かした。今日やらないと、しばらく気力が戻ってこない予感があった。

「終わったあ」

思わず口を突いて出る。早いところ顔を洗って薬をつけなければ、と家に入ろうとしたところで、彩華が帰ってくるのが見えた。

「おかえりなさい。早かったのね」

純代が声をかけると、彩華は瞬時に険《けわ》しい表情になり、

「やだ、なにその顔！」

と叫んだ。

「うそでしょ、信じられない」

「ああ、これね。なんだか虫に刺されちゃったみたいで……」

と言ったところで、彩華の後ろに人がいるのが見えた。

「こんにちは」

真朝ちゃんだった。純代の顔を見て、目を丸くしている。

「真朝、見てよ、うちのお母さんの顔！　お岩さんみたい！」

彩華がそう言って笑う。真朝ちゃんも遠慮がちに笑った。

純代は慌てて家に入り、出しっ放しになっていた洗濯物をべつの部屋にしまい、洗面所に向かった。ふいに鏡に映った自分の顔を見て、言葉をなくす。

「いやだ、なにこれ」

ひどい顔だった。右目が腫《は》れ、まぶたがふさがるほどだった。血も少し出ていて、まさにお岩さん状態だ。ブヨの仕業だろうか。顔中が熱を持ってじんじんしている。

とりあえず顔を洗って、汗だくになった作業用のよれよれTシャツと、同じく作業用のジャージを洗濯機に入れて着替える。彩華と真朝ちゃんは部屋に行ったらしく、姿は見えなかった。純代は、ジュースとお菓子を用意して二階へ向かった。部屋のドアをノックすると、彩華がすばやく出てきて、すぐさまドアを後ろ手に閉める。

「わたしが持つからもういいよ、ありがと」

そう言うなり部屋に入り、純代の鼻先でバタンとドアが閉められた。母親の姿を、真朝ちゃんに見られたくないらしい。

しばらくすると、猛烈なかゆみが襲ってきた。かいてはいけないとわかってはいるが、どうにかしないことにはなにも手につかず、純代はタオルでごしごしとまぶたをこすり、薬を塗っては保冷剤で冷やした。そのつど横になりながら、合間にちょこちょこと家事をこなした。

　純代が台所に立っていると、彩華と真朝ちゃんが二階から下りてきた。

「あら、もう帰るの？　お夕飯食べていけば？」

　純代はそのつもりで、夕食の準備に取りかかっていた。

「いえ、大丈夫です。どうもありがとうございます。クッキーごちそうさまでした。お邪魔しました」

　真朝ちゃんはきっちりと挨拶をして帰っていった。賢くて明るくて礼儀正しい真朝ちゃん。お母さんに似て美人だ。真朝ちゃんも間違いなく「きらきらの人」だ。

「今日はお父さんの帰りが遅いから、もっとゆっくりしていってもらえばよかったのに」

　純代が彩華に向かってつぶやくと、彩華はきっ、と純代をにらんだ。

「そんな顔で夕飯食べてって言ったって、食べていくわけないでしょ」

　まぶたはさらに痛みとかゆみを増していた。腫れもひどい。

「それにお母さん、ひどい格好だったよ！　ボロボロのTシャツにジャージなんて、ありえない」

「草むしりしてたんだから、しょうがないでしょ」

「せっかく真朝が来てくれたのに。もうっ、お母さんって、ほんとはずかしい！」

「虫にやられちゃったのよ。ブヨかしら。それに、真朝ちゃんが来るなら先に言ってくれればよかったのに」

「お母さんがこないだ友達を連れてこいって言ったから、連れてきたんじゃない！」

まあ、そうだけど、と純代は熱を帯びた右目を押さえながら答えた。

「もう、いやんなっちゃう！」

彩華が頭を振る。

「ねえ、少しは心配してくれたらどう？　まったく文句ばっかり言って」

むきになって純代は返した。なにも悪いことはしていないはずだ。同情を誘うように、ああ、目が痛い、かゆい、とつぶやいてみる。

「ねえ、お母さん。さっきわたしが学校から帰ってきたとき、どんな思いでお母さんの顔を見たと思ってるの？　もちろん心配したに決まってるじゃん。でも真朝がいたんだよ！　そんなギャグみたいな顔！　笑ってごまかすしかないじゃない！」

今にも泣き出しそうな表情で彩華が言う。そっかあ、ごめん、とうなずきながら、満足している自分を純代は発見していた。娘に心配したに決まってるじゃん、と言われて、うれしかったのだ。

「ねえ、お母さん、少しはわたしの気持ち考えてよ！　お母さん、みっともないよ。少しは真朝のお母さんを見習って！」

真朝のお母さん、という言葉がいきなり出てきて、純代は我に返る。

「この際、はっきり言うけど」

彩華が意を決したように、純代に向き合った。

「こないだのグループ発表会のとき、お母さんがいちばんダサかった」

「え？」

純代は少なからず衝撃を受けながら、娘の顔をぼんやりと眺める。つい先日、彩華の学年で、クラブ活動の発表会があって見学に行ったのだ。

「服も髪もお化粧も、なんだかものすごくダサかったよ」

純代が言葉をさがしあぐねていると、彩華は急に不安げな表情になり、「ごめんねっ」とひとこと言って、二階へかけ上がってしまった。

「彩華……」

差し伸べようとした手が空を切る。最後にわざわざ謝ったことが、彩華のやさしさでもあるし、ダサいという真実を物語っているような気がして、純代は複雑な気分になった。そして、これが原因だったのかと納得した。彩華が不機嫌だったのは、母親の姿がダサかったかららしい。

　夕食時、彩華はこちらが気の毒になるほど暗かった。これまで、親に反抗するようなことはほとんどなかった一人娘だ。母親に向かって、ダサいと言い放ってしまったことを悔いているのかもしれなかった。

　ダサいと言われた純代のほうが落ち込んでいいはずだったが、純代は彩華が不憫《ふびん》に思えてしまい、はりきっていつも以上に明るく振る舞った。その空振り具合がさらに彩華の悔いを増長させたようで、食卓はいたたまれない雰囲気でいっぱいになった。

　その後帰宅した夫は、純代を見て小さな悲鳴をあげた。

「どうしたんだ、その顔」

「虫にやられたのよ」

「ひどい顔だぞ、おい。病院には行ったのか」

　純代が首を横に振ると、明日必ず行ったほうがいい、と夫は言った。

「ねえ、わたしってダサい？」

　夫は驚いたように純代を見つめ、

「なんだい、急に。年相応なんじゃないか？」

と返した。純代は四十四歳、夫は四十六歳だ。

「あ、でもさ、同じ部署でママと同じ歳の人いるけど、やっぱり若いわ。三十代前半に見えるもんなあ」

夫はそう言ってから、いやいや、ごめんごめん、人と比べちゃいけないよなあ、と笑い、そのまま逃げるように風呂場へ行ってしまった。

純代は見るともなくテレビを眺めながら、麦茶をごくごくと飲んだ。自分はダサいのかもしれないと、なんの感慨《かんがい》もなく思う。純代は、おしゃれとは無縁の没個性人間としてこれまでやってきた。十人並みより劣るかもしれない顔やスタイルを、なるべく目立たせないような化粧をし、服を着てきた。

それでも結婚前までは、ある程度は気を遣っていたと思う。短大時代に化粧を覚え、社会人になってからは会社員としてはずかしくない格好をしていた。

とはいえ、会社員時代の服は簡単だった。ブラウスにフレアースカート。たまにワンピース。ストッキングにパンプス。夫と付き合い出してからも、そのスタイルは変わらなかった。その格好なら、映画でも美術館でも食事でもなんでもOKだった。

そして今はなんだろう、と今の自分の格好を、純代は改めて眺める。無地の薄紫のTシャツにベージュのスラックス。ウエストはゴムだ。ごく当たり前に、どこにでもいるオバサンの格好をしている。実家にいる純代の母親と、たいして変わらない。彩華を産んでからは、どこで服を買っていいのかわからなくなり、庶民的なデパートで、量産されている衣類を、なんの迷いもなく購入していた。

真朝ちゃんママは、確かインテリアコーディネーターだ。そりゃあ、おしゃれに決まっている。そもそも顔の造形が整っているし、背も高く足も長い。真朝ちゃんママと比べたら、自分などダサい極みだろうと純代は冷静に思う。

働きにも出ないでほとんど一日家にいると、見た目などどうでもよくなる。スーパーに行くぐらいで、どうして服装に気を遣わなければならないのか。洗濯してある清潔な服を着るだけで充分ではないか。

「なんかつまみある？」

下着姿のまま風呂から出てきた夫が冷蔵庫から缶ビールを取り出し、あふれた泡に口をつけながら、純代にたずねる。

「キムチでいい？」

「うん、いいね」

純代はキムチを皿に盛ってテーブルに出し、夫の前に座った。

「それにしても、すごい顔だな」

「悪かったわね」

「ママ、ちょっと太ったんじゃない？」

「そうかしら」

「いや、気のせいかな」

「そういうパパも太ったわよ」

「え、そう？」

「髪も薄くなったし」

「そういうこと言うなよ。お前だって白髪だらけじゃないか」

「美容院に毎月行くとお金がかかるから、節約してるのよ」

「それぐらい行きなよ」

「……そうね」

なんとなく不穏な空気になってきたので、純代は席を立った。

「先に寝ます」

「はい、おやすみ」

純代は振り返らずに寝室へ向かい、いつもよりちょっと強めにドアを閉めた。


やはりブヨだったらしい。皮膚科に行って薬をもらい、一週間経《た》ってだいぶ腫れは引いたが、まだ元通りとはいかなかった。刺された箇所の皮膚がごわついているため、化粧も控えていた。だからスーパーで、

えた。

「彩華ちゃんママ」

と、声をかけられたときは、いたずらが見つかった子どものようにひどくうろたえた。

「こんにちは。おひさしぶりですね」

真朝ちゃんママだった。タイミングの悪さに舌打ちしたくなる。

「こないだは真朝が遊びに行かせてもらったみたいで、どうもありがとうございました」

いえいえ、と純代は右目を隠すようにして答える。早くこの場から逃げ出したかった。真朝ちゃんママは仕事帰りなのか、首元からきれいなタックの入った山吹色の袖なしブラウスに、黒の太めのパンツ、足元はベージュ色のエナメルのパンプスだった。肩にはおった白色のカーディガンを胸元で結んでいる。

純代はというと、薄水色の半そでカットソーに茶系の麻のスラックスだ。

「では、また」

真朝ちゃんママは、純代の心情がわかったかのようにさわやかに手早く切り上げ、軽く会釈《えしゃく》をして離れていった。前髪長めのショートボブがさわやかに揺れる。きれいにカラーリングしてあり、艶《つや》めいていた。

純代は大きく息を吐き出し一度頭を振ってから、気を取り直して買い物の続きをした。自分の格好だって、なんらはずかしくはない。麻のスラックスは今年買ったばかりのものだったし、カットソーだって去年買ったもので、きれいに洗濯してある。引け目を感じる必要などないのだ。

　牛乳を取ろうと腕を伸ばしたとき、ふいに二の腕のだぶつきが気になった。真朝ちゃんママの二の腕はすっきりと無駄がなかった。袖なしの服なんて、今後の人生で一度たりとも着ることはないだろうと純代は思う。

　ふと冷蔵品のステンレスに映った顔を見て情けなくなる。仕方ないではないか。ブヨに刺されたのだから。頭のなかでそう言い訳しつつ、野暮《やぼ》ったくパサついた髪も気になり、うんざりする。純代は、まったくおもしろくない気分でスーパーをあとにした。

　帰宅してひと息ついたところで、めずらしく家の電話が鳴った。最近は携帯のほうが主になっている。出てみると、いとこの靖恵《やすえ》からだった。先月、靖恵の弟の淳也《じゅんや》が結婚し、その披露宴《ひろうえん》のときの写真についてだった。カメラマンが撮った写真をネットで注文するらしかったが、こっちで一緒に頼もうかという申し出だった。

「純ちゃん、そういうの苦手そうだから、きっとまだやってないだろうなと思って」

「うん、お願い。やらなきゃやらなきゃって思ってたけど、なかなか見る暇なくて」

「暇がないだなんて、仕事でもはじめた？」

「ううん。毎日ぼけっとしてるんだけどさ」

「あはは。相変わらずねえ」

靖恵とは同い歳のせいか、昔から仲が良かった。家が近いこともあり、大人になった今もこうしてたまに電話で話したり、面倒のない自宅以外で会ったりしている。写真ができたら渡しがてらランチでもしようということで、電話を切った。

靖恵と純代は顔や雰囲気が似ているので、子どもの頃からよく姉妹に間違えられた。大人になってからも、一緒にいると姉妹ですかと聞かれることが多かった。着ている服や髪型なども、どういうわけか似たり寄ったりのものに落ち着いてしまうのだった。

靖恵のところは子どもが男の子なので、母親の外見についてあまりどうこう言わないのではないかと純代は思う。女の子は母親に対して厳しい。自分の将来像に関わってくる母親の容姿については、特にだ。

純代の母親は決して美人の類《たぐい》ではなかったし服装も地味だったけれど、純代は子ども時代、母の外見を気にするようなことはなかった。母親とはそういうものだと思っていたし、服の傾向も純代と似ていた。一緒に買い物に行けば同じようなものを欲しがって、それぞれが選ぶものを互いにいいね、とうなずき合っていた。

「明日買い物に行きたいから、お金ちょうだい」

夕食後、彩華が突然のように言った。突然のように見せかけて、周到にタイミングを見計らっていたのかもしれない。帰宅が早かった夫が、うれしそうな表情で彩華を見る。父親は一人娘に甘い。

「買い物ってなにを買うの？」

「洋服」

「じゃあ、お母さんが一緒に行くわよ」

「友達と約束したから」

かぶせるように返ってくる。

「友達って誰？」

「部活の子たち」

「どこに行くの？」

「渋谷」

「渋谷⁉」

と、純代が頓狂《とんきょう》な声を出すと、まあ、いいじゃない、と夫が会話に入ってきた。

「彩華だって、お母さんよりも友達と一緒に買い物に行きたい年頃だよなあ」

父親の助け舟に、彩華がうなずく。

「いくら持ってくの？」

夫がたずねる。

「みんな一万円だって」

「そんなに⁉」

と、純代は思わず声を出してしまったが、純代と一緒に買い物に行ったたって、一万円ぐらいはすぐにかかってしまう。

「そんな大きな声を出さなくていいじゃない。いいよいいよ、お父さんが出すから」

そう言って、夫が財布から一万円札を取り出した。

「あーりーがーとー、お父さん」

彩華は芝居がかって大げさに言い、両手を恭《うやうや》しく差し出して夫からお金を受け取った。そして、その様子に二人でげらげらと笑い合っていた。純代はなにもおかしくなかった。

翌日、彩華が買ってきた服は「たのしげ」なものばかりだった。純代がまず選ばないような服だ。純代はとりあえず、いいね、と言っておいた。

靖恵から連絡をもらい、互いが住む中間地点の駅前のイタリアンで待ち合わせた。ランチ時はパンが食べ放題なので気に入っている店だ。

「あれ、靖《や》っちゃん。なんか雰囲気が違う」

先に店に着いていた靖恵を見て、純代は開口一番に言った。靖恵はにっこりと微《ほ》笑《え》むだけで、なにも言わない。純代はまじまじと靖恵を眺めた。髪型を変えたようだが、それよりなにより服装の感じがこれまでとは違う。

「靖っちゃん、どうしたの？　イメージチェンジ？」

靖恵は笑って、

「純ちゃんは、ちょっと肥《こ》えたんじゃない？」

と返してきた。肥えた、という言葉は、純代と靖恵が昔からなにかにつけて使っている言葉だ。もちろん太ったということだが、今は亡き祖母が頻繁《ひんぱん》に「肥えた」と口にし、いつのまにか二人のとってのおもしろい言葉となった。「肥えた」を使えば、パブロフの犬のごとく、自然と笑いが起こる。

けれど、今日はぜんぜんおもしろくなかった。純代は「ブヨにやられただけ。体重は変わってない」と答えた。

ランチメニューを注文し、二人でパンを取りに行く。四十を過ぎたって、さまざまな種類の小さなパンがたくさん並んでいるのを見るとテンションがあがる。純代はとりあえず六つ取ったが、靖恵は二つだけだった。

　靖恵から淳也の披露宴の写真を渡され、その場でひと通り目を通した。とてもいい披露宴だった。花嫁から両親への手紙に、読んでいる本人ではなく淳也のほうが涙してしまい、花嫁さんが淳也の目元をハンカチで拭うという一幕まであった。

「それにしても淳也くん、ほんとによかったね。ずっとお相手をさがしてたものね」

　純代が言うと、靖恵は、そうそう、それよ！　と人差し指を突き出してきた。

「あの子、勉強が好きなだけでまったく縁がなかったじゃない」

　靖恵が前のめりになって話し出す。純代たちより二歳年下、四十二歳の淳也は、大学院を出たあと講師として大学で働いていたが、それだけでは生活できず、塾などのアルバイトを掛け持ちしながら実家暮らしをしていた。結婚願望があり、結婚相談所で何度も見合いをしたがどれもうまくいかず、もうあきらめようと考えていた矢先のことだった。

「淳也、イメージコンサルティングに行ったのよ」

「イメージコンサルティング？」

　はじめて聞く言葉だ。

「その人に合った色からはじまって、要は、全体のコーディネイトをしてくれるのよ。淳也に似合った服を着て、髪型変えて、メガネを変えたら、なんと一発でうまくいったの！　淳也は、お相手の人を最初から気に入ってね。果敢《かかん》に挑んだのもよかったかもしれないけど、それもやっぱり見た目に自信がついたから、積極的になれたんだと思うの。お互い気が合って、あっという間にゴールインよ」

確かに淳也にはもったいないほどのお嫁さんだった。歳もまだ三十歳になったばかりで、淳也とはひとまわり違う。背が高くて清楚な美人だ。実家の不動産業を手伝っているとのことで、お嫁さんのご両親は二人のために家まで建ててくれたそうだ。言うことなしの結婚だ。

「そ・れ・で・ね」

靖恵が上目遣《うわめづか》いでもったいぶった様子で言いながら、純代を見つめる。

「実はわたしもやったの、イメージコンサルティング。それがこれよ」

靖恵が胸を張る。

「わたしに合うカラーを診断してもらって、コーディネイトもお願いしたの。髪型もアクセサリーも靴も全部よ」

そう言っておもむろに立ち上がった靖恵が、ポーズを決める。下げた両手を反《そ》り返しているのでペンギンみたいだ。

純代は上から下まで眺めた。肩まで無造作《むぞうさ》に伸びていた髪は、あごで切りそろえたボブスタイルになり、まっすぐにおろしていた前髪は左から横に流し、額を見せている。真っ黒だった髪はブラウン系の色味になり、天使の輪が踊っている。

これまで靖恵は、たいてい襟《えり》のついたブラウスを着ていたが、今日は薄いピンク地の胸元が大きく開いたデザインで、袖口がふわっと広がっているカットソーだった。下は薄紫色のロングスカート。靖恵のスカート姿を目にしたのは、学生時代以来かもしれない。シルバーのイヤリングやネックレスも、純代がはじめて目にするものだった。

「どう？」

笑顔で靖恵が問う。

「ピンクに紫って、すごい色の組み合わせだね」

純代はそんなふうに言ってしまい、口に出してから後悔した。まるで、妬《ねた》ましくてわざと意地悪なことを言ったみたいではないか。

「うん、でも不思議としっくり合ってるでしょ。ちなみに紫じゃなくて、ラベンダーだけどね」

目を輝かせて靖恵が答える。純代は観念したようにうなずいた。実際似合っているのだ。これまでの靖恵とは比べ物にならないくらいに、よくなっている。

「髪型もいいでしょ？　わたしは左目がきき目なんだって」

「きき目？」

「視力がいいとか見やすいとか、そういう意味の『利き目』じゃなくて、目ヂカラがあって、より魅力的なほうの目のことをいうの。『効き目』ってこと。『効き目』である左目を印象付けるために、前髪を左分けにしたのよ」

小ぶりで細い一重《ひとえ》の目。純代から見れば、右目も左目も同じようにしか見えないが、確かに以前よりも心なしか目がぱっちりして見える気がする。

「どう？　純ちゃんもやりたくなったんじゃない？」

靖恵が純代を見つめて言った。純代は半信半疑だった。街でよくあるキャッチセールスのような類かもしれないと訝《いぶか》る。

靖恵はイメージコンサルティングについて、いろいろと説明をしてくれた。カラーは大きく四つに分かれていて、スプリング、サマー、オータム、ウインター。靖恵の診断はサマーだったらしい。ゴールドとシルバーの二択ではシルバー系。メイクの色味や髪型も指南《しなん》してくれるという。

息せき切ったように話す靖恵が、純代には少し怖く、また疎《うと》ましかった。これはもしかして、なにかの宗教なのではと勘繰《かんぐ》ったが、金額を聞いてもさほど高いものではなかった。

「とにかく行ってみない？　純ちゃん、きっとすごくよくなるわよ」

「今が悪いってこと？」

冗談めかして言ってみると、靖恵は、小さくパンをちぎってしとやかに口に入れながら、「よくはないでしょ」と、はっきりと口にした。

「ねえ、靖っちゃん。あなた、ダイエットもしてるわけ？」

純代がたずねると、靖恵は不敵に微笑んで首肯《しゅこう》した。髪型のせいばかりではなく、あごのラインが少しすっきりしたように思える。

「洋服を変えるだけじゃ、もったいないと思ったのよ。食生活も改めようと思い立ってね。三キロ減ったわ。あと二キロ落としたい」

「急激なダイエットをすると、わたしたちの年齢だと貧相になるわよ」

思わず純代は言った。言ってからまた、ひがみっぽかったと反省する。

「うん、だから健康的に痩せようと思って、最近クラシックバレエもはじめたのよ」

口に入れたシュガーパンが喉に詰まりそうになった。これはいよいよ宗教だと、純代は思った。

靖恵に連れられて行ったのは横浜だった。靖恵の説得に負け、純代は結局イメージコンサルティングを受けることにしたのだった。靖恵の変化が気にならないといえば嘘だった。

店を構えているわけではなく、マンションの一室だという。しかも高級マンションだ。

「こんにちは。どうぞお入りください」

朗《ほが》らかな笑顔で出迎えてくれた女性をひと目見て、「きらきらの人」だと、純代は即座に判断した。仕事柄、当然といえば当然だ。「そうでない人」がイメージコンサルタントだったら客は来ないだろう。

靖恵はといえば、満面の笑みで胸元で手を振っている。すっかり傾倒《けいとう》しているようだ。

部屋は広くすっきりとしていた。生活感がまるでない。ここに住んでいるのだろうか。高価そうなガラステーブルのセットに案内される。

「はじめまして。わたくし、御手洗《みたらい》繭子《まゆこ》と申します。本日はどうぞよろしくお願いいたします」

もらった名刺には、

――第一印象向上推進会　御手洗繭子

とある。

「第一印象向上推進会……？」

　思わず声に出すと、繭子はにっこりと笑い、

「わたしは第一印象というのが、とても大事だと思っているんです。その人が与える第一印象で、その後の付き合いも変わっていくのではないかと」

　と言い、

「第一印象向上推進会とありますが、会員はわたくし一人です」

　と続けた。前髪を上げてすっきりと額を出した繭子は、一見どこの国の人かわからないような印象があった。インド、ウクライナ、アルゼンチン、モンゴル、いろいろなご先祖がいるような気がした。年齢も見当がつかない。

「ザクロジュースです。よかったらどうぞ」

　繭子がトレイに載せた二つのグラスをテーブルに置く。これ、おいしいのよねえ、と靖恵がつぶやく。

「ザクロジュースは植物性エストロゲンが含まれていますので、コラーゲンの合成を進めてくれます。また、エラグ酸も含まれていますので美白効果も期待大です」

「目指せ、美肌！」

　靖恵がこぶしを掲《かか》げて大きな声を出す。

「大変失礼ですけど、先生はおいくつですか」

思い切って純代は聞いてみた。

「三十八歳です」

そう言われると、三十八歳にしか見えないから不思議なものだ。

「必要でしたら、自己紹介をしましょうか」

繭子が言い、純代はうなずいた。靖恵は「まったく、純ちゃんったら」と言いつつ、自分も聞きたそうな顔をした。

「まずはこのマンションですけれど、こちらは仕事専用として使っています。上の階にもうひとつ部屋を持っていて、そちらに家族で住んでいます。夫と小学生の娘が二人います。イメージコンサルティングをはじめる前は、客室乗務員でした」

笑顔でよどみなく話す繭子に、純代と靖恵はただうなずいた。

それから、イメージコンサルティングの説明に入った。パーソナルカラーというのは、肌の色、瞳の色、髪の毛の色を元に、その人に合った色を診断していくものらしい。たとえばピンク色といっても、サーモンピンク、ローズピンク、ベビーピンクなど、さまざまな色があり、どのピンクがその人に一番合うのかをさがすのだという。

「カラーは大きくフォーシーズンに分かれますので、純代さんに合ったグループを診断していきましょう」

藺子の言葉に「たのしみ！」と、靖恵が甲高《かんだか》い声を出す。

「まずは、ゴールド系かシルバー系かを見ていきましょう」

藺子に促《うなが》されて、純代は豪華な姿見《すがたみ》の前の豪華な椅子に座った。きらきらの藺子と、きらきらになった靖恵に見守られながら、鏡に映る自分を見ると、なんだかひどくみすぼらしかった。

「アクセサリーは普段、ゴールドとシルバーとどちらをつけますか？　純代さんはどちらがお好きですか」

アクセサリー自体あまりつけなかったが、つけるとしたら断然シルバー系だった。ゴールドは、「きらきらの人」に任せておきたい。自宅のドレッサーの引き出しにしまってある、ダイヤモンドのプラチナネックレスはとっておきだ。結婚するときに両親が買ってくれた。

「シルバーです」

と、純代は答えた。

「では、診断していきましょう」

そう言って藺子が、座っている純代の首元に、ドレープと呼ばれるシルバーの布を当てる。続いてゴールド。

「どう感じますか」

はっきり言って、よくわからなかった。どちらも似合うといえば似合うし、どちらも似合わないといえば似合わない気がした。

「純ちゃんは、だんっぜんゴールドね」

靖恵が言う。

「ゴールドだとお顔がとても華やかになります。一方のシルバーだと……」

と言いながら、繭子がシルバーのドレープを肩から再度胸元にたらす。

「お顔が死んでしまいます。お通夜《つや》モードです」

繭子の言葉に靖恵が爆笑する。純代は呆気にとられていた。顔が死ぬ、お通夜モード。強烈な言葉のなかに、滑稽《こっけい》さがにじむ。

純代は圧倒されていた。靖恵のテンションにもついていけなかったが、なにより「きらきらの人」側の代表のような、繭子の雰囲気に少しやられていたのだった。

繭子は、誰もが振り返るような特別な美人ではなかったが、額や頬がつやつやと輝き、背が高く姿勢のよい姿には確固とした自信がみなぎっていた。間違ったことには決して首を縦に振らないような雰囲気は、純代がもっとも苦手とする同性のタイプだ。

靖恵だって少し前までは、自分と同じような思考だったはずなのに、対等に繭子と話している姿を見ると、置いていかれたようでつまらない気分にもなる。

「クール系のブルーベースが、サマーとウインター。ウォーム系のイエローベースが、スプリングとオータムになります。純代さんはどんな色がお好みですか。普段、どんな色の洋服が多いでしょうか」

パーソナルカラーの診断がはじまった。

「えぇっと、好きな色はピンクですけど、普段着る服は薄い色の寒色系が多いです。淡い水色とか淡い紫とか」

繭子が小さくうなずく。

「では、このチャートを見て、純代さんはどのグループに当てはまると思いますか」

繭子に色のチャート表を見せられて、純代は迷わず「ウインター」と答えた。ウインターにある、薄ぼんやりとした色味は、純代が好んで着ているものだ。

「あ、でも靖っちゃんはサマーだよね。だったらわたしもサマーかもしれない」

靖恵とは雰囲気が似ているので、同じグループかもしれないと思い、純代はそう付け足した。

「では、診断していきましょう」

まずは、ブルーベースからだ。サマーのドレープを当てていく。

「なんだかパッとしないわねえ」

靖恵が口を挟む。確かに、あまりパッとしなかった。顔が青白く映り、体調がすぐれないように見える。

「次は、ウインターです」

これも同じような印象だった。それどころか、顔色がますます悪くなっていくようで、クマやシワが目立つように感じた。しかもなんだか顔が大きく見えた。あごのラインがあやふやになって、膨張《ぼうちょう》している感じなのだ。自分の選択は外れていた。あきらかにウインターではないのだった。

「純代さんは、ブルー系ではないようですね。では続いて、ウォーム系を見ていきましょう」

スプリングのドレープを当てていく。

「うわあ、さっきとはぜんぜん違うわ」

靖恵が興奮したように言う。

「本当だ……」

純代は思わず、そうつぶやいていた。一気に顔色が明るくなったのだ。

「純代さんは、イエローベース。ウォーム系ですね」

繭子ににっこりと笑いかけられて、純代は肩の荷が下りたような感覚になった。自分の目で判断し、ようやく納得がいったのだった。

続いて、繭子がオータムグループのドレープを当てていく。

「あー、こっちもなかなかいいわ」

靖恵がまた口を挟む。

「こちらとこちら。両方ともいわゆる黄緑です。どうでしょう」

繭子が、スプリングとオータムの同じ段階であるところの、黄緑のドレープを手に持ち、純代の右肩から胸元にかける。黄緑といっても、スプリングのほうは鮮やかな色味で、オータムのほうは少し落ち着いた色だ。繭子が交互にドレープを替えていく。

「あっ！」

思わず声が出た。

「スプリング。絶対スプリングのほう」

純代はつぶやく。不思議なことに、スプリングのほうが、目が大きく見えたのだ。純代は奥二重《おくぶたえ》の小ぶりな目だが、スプリングのドレープを当てると、目がぱっちりと映った。

「純代さんのパーソナルカラーはスプリングですね」

カラー診断をされただけだというのに、純代の気持ちはなぜか明るくなっていた。なんてゲンキンだろうと、我ながら思う。

藺子は、順にスプリングのドレープを一枚ずつ丁寧に純代に当てていった。どれもが、これまで着たことのない色だった。それなのに、顔がとても明るくやさしく華やかに見えるのだ。

「スプリングのなかでも、ネイビーや茶色、ザ・紫などはNGですね」

ザ・紫というのは、クレヨンにあるような紫色のことだろう。靖恵が笑っている。

「このヒマワリ色なんて、純代さんにとってもお似合いですよ。いかがです?」

と言って、藺子が再度ドレープを当てる。本当に頬が輝いて見える。

「こんな色、これまでの人生で一度も着たことないです」

薄い黄色はよく着ていたけれど、こんな明るい黄色なんて、店に置いてあっても見向きもしなかった。

「すごくお似合いです。これにアイボリーのパンツを合わせたら、まったく印象が変わりますよ」

にわかに想像できなかったが、もしかしたら似合うかもしれない、と控えめに思いつつ、心の奥底では、確信的かつ希望的に、「似合う!」と感じている自分がいるのだった。

ドレープを外し今日着てきた服が鏡に映ると、一気にくすんだ印象になる。今日これから、この格好で帰るのが嫌になるほどだ。

「純代さんは姿勢をよくするといいですよ。少し猫背気味ですよね。スタイルがいいので、もったいないです」

藺子に背中に手を当てられ、純代はすっと背筋を伸ばした。スタイルがいいだなんて、生まれてはじめて言われた。

「純代さん、ちなみに下着はどのようなタイプのものですか？」

藺子に見つめられて、「……ブラトップです」と白状した。

「ブラトップは楽でいいのですが、外出のときだけでもブラジャーをするといいですよ。しっかりホールドしてあげると、胸の位置が上がって姿勢も自然とよくなります」

ブラジャーなんてここ数年、新調していない。

「純ちゃん、見て。わたしもブラトップからブラジャーに変えたの。ものすごくすっきり見えるでしょ」

靖恵が胸を突き出すようにして、腰に手を当てる。確かに脇のあたりがすっきりしている。胸も垂れていない。

「年齢を重ねると、バストトップの位置がさがってきますからね。常につんと上向きで行きましょう！」

藺子の言葉に、上を向いて歩こうだわね、と鼻歌まじりで靖恵が言う。純代は自分の胸を触ってみた。かろうじて二つの山はあるが、お腹や脇の肉と渾然一体《こんぜんいったい》と化している。

「次はメイクです」

藺子がじっと純代の顔を見つめる。

「純代さんは、もしかしたらそばかすができやすいタイプではないですか」

「そ、そうです。そばかすというよりシミですすけど……」

「色白でうらやましいです」

ほどよい褐色《かっしょく》の肌の藺子は、そう前置きしてからメイクについてのレクチャーをはじめた。

「チークの色はとてもいいですね。純代さんの肌に合っています」

藺子にほめられ、うれしくなる。

「眉《まゆ》もいいですね。眉は非常に重要なパーツです。ほとんど自己処理されていないようで感心です。眉毛がない女性って多いんです。ただ、まぶたの上の産毛《うぶげ》だけは処理されるといいです。あとは眉尻をブラウンのペンシルでもう少し伸ばせばばっちりです」

わかりました、と純代は素直に返事をした。

「今日の純代さんのアイシャドウは、パープルですか」

「そうです」

普段はアイメイクをほとんどしないが、今日はこのためにばっちりメイクを施《ほどこ》してきた。

「絶対だめです」

「え？」

「まぶたが腫れぼったく見えてしまいます」

軽くショックを受けた純代の隣で、わたしもひどいダメ出しだったよー、と靖恵が言う。

「ゴールドパール系を使ってください。キラキラの目元で挑みましょう。それとファンデーションですが、下地の色が目立ちすぎます。それではキミドリ星人です」

靖恵がまたもや笑う。

「キミドリ星人って、なんですか」

「比喩《ひゆ》です」

比喩？　よくわからなかったが、繭子先生はこういう人らしい。真剣に気に留めないほうがいいだろう。

「あと、髪型ですが、そのパックリ真ん中分け目と前髪の厚さは、昭和の売れないアイドルですよ」

純代は力なくうなずいた。

繭子のマンションをあとにし、純代と靖恵は喫茶店に入った。無性《むしょう》に甘いものが食べたくなり、純代はあんみつで気力をチャージすることにした。靖恵はハーブティだけだ。

「コンサルどうだった？　すごくよかったでしょ」

靖恵がたずねる。

「おもしろい先生だったわね」

「でしょー！　繭子先生って最高におもしろいのよ。あんなにきれいなのに、ユーモアがあるの。さすが元ＣＡよね」

あてこすりで、おもしろい先生だったわね、と言ったのに、靖恵が満面の笑みで乗ってきて、純代としてはあまりおもしろくない。

「なんでＣＡやめちゃって、イメージコンサルタントなんてやってるのかしらね」

思わずそんなふうに言ってしまう。

「ＣＡもイメージコンサルタントもすばらしい職業よ。どちらも繭子先生に合ってるもの。ＣＡ時代も素敵だったろうけど、繭子先生がイメージコンサルタントじゃなかったら、わたしだってこんなふうに変われなかったんだから、繭子先生には感謝しかないわ。なによりあの笑顔、素敵よねえ。憧れちゃうわ」

　繭子信奉者の靖恵には、なにを言っても通じないようだ。

「ねえ、純ちゃん。コンサル受けてみて、全部変えたくなったでしょ」

　そんなふうに言う靖恵を改めて眺めると、純代よりずいぶん先に行ってしまったような垢《あか》抜けぶりだった。アクセサリーもバッグも指先も、以前とはまったく違う。すっかり目覚めて、新しい感覚を自分のものにしたように見えた。

「爪、素敵だね」

　靖恵のジェルネイルには、蝶の絵が繊細に描かれていた。靖恵がマニキュアをしているところすら見たことがなかったというのに、画期的すぎる変化だ。

「爪なんて、これまでまったく気にしたことなんてなかったんだけど、いざやってみると、ものすごく気分があがるの。かわいい爪が目に入るたびに、家事にも精が出るのよ」

　目を輝かせて靖恵が言う。純代はふと、自分の爪を見る。なんの手入れもしておらず、爪にはみすぼらしい縦線がいくつも入っている。もう何年、ほったらかしにしているのだろう。

「わたしね、こないだ彩華にダサいって言われちゃった。気にしないようにしてたけど、やっぱり多少なりとも傷つくよねえ」

純代の告白に靖恵は大きくうなずき、うちもよ、と言った。

「実は大輝《だいき》に彼女ができたのよ」

「えっ？　大輝くん、まだ高一じゃない！」

驚いた。あの真面目そうな大輝くんに彼女とは。

「そうなのよ。高校生になったら急に色気づいちゃってさ。こないだ彼女を家に連れてくるっていうから、慌てて家の掃除をしてたら、掃除はいいからもう少しおしゃれにしてくれって言われちゃって。まったくね。いやになっちゃう」

そういう理由もあったのか、と納得する。子どもというのは、やはり母親には身ぎれいでいてもらいたいらしい。友達や彼女に、少しでも母親のいいところを見せたいのだ。

「家にいるときは、大輝の中学のときのジャージやお古のTシャツで過ごすこともあったんだけどさ。だって、まだまだ着られるのよ。もったいないじゃない。でも、すっぱり全部捨てたわ。服って、もったいないから着るもんじゃないんだって、ようやくわかったの。まだ着られるからってだけで、どうでもいい服を着てたら、わたし自身がもったいないもの。もったいないの意味をはき違えてたわ」

その通りかもしれないと、純代は思った。

たまに純代も、彩華が着なくなった服を着ることがある。古くなったならともかく、気に入らないからと言って着ないのだ。「いらないから捨てたのに、なんでお母さんが着るのよ?」と言われても、まだ着られるものを捨てるのは忍びなかった。

似合わないのは重々承知で、誰に見せるわけでもないのだからと言い訳して袖を通していたが、似合わない服を着て、わざと自分をみすぼらしくする必要はないのだ。賞味期限切れの食品を食べて、消化不良を起こしているようなものではないか。靖恵の言う通り、そんなことをしたら、自分がもったいない。

「今となっては大輝とか、大輝の彼女とかどうでもいいわ。わたしは自分がきれいでいたいから、きれいになるの! 自分のためよ!」

靖恵はそう言って、ピースサインを掲げた。

翌日、純代は繭子に連絡して、美容院へ行く旨《むね》を伝えた。カラーコンサルティングのときに美容院を紹介されたが、保留にしておいたのだった。

「純代さんに合った髪型を先方に伝えておきますので、安心してご来店ください」

特にマージンをもらっているということはなく、いくつかの美容院と懇意《こんい》にしていて、その人に合ったところを紹介しているという。

純代はさっそく予約を入れて、美容院に出向いた。普段は近所の美容院で同年輩の女性にカットしてもらっている純代は、かなり緊張した。おしゃれな外観とシックな内装。若く素敵な美容師さんたち。

「御手洗さんから聞いてます。今日はどうぞよろしくお願いします」

二十代とおぼしき、いわゆるイケメン男子に挨拶をされ、へどもどしながら会釈する。昨今はカリスマ美容師とは言わないのだろうか。おしゃれ美容師に対する純代の感想は、その時代で止まっている。

はじめは雑誌をめくる指先まで見られているようで緊張したが、イケメン美容師は、カットやカラーリングをしながら気さくに純代に話しかけてくれた。その話し方や間《ま》の取り方などが、靖恵のところの大輝に似ており、純代は途中から息子と会話しているような心持ちになった。まったく気がねなく笑うことができるようになった頃には、イケメンもふつうの人間なのだなあ、と当たり前のことを思ったりした。

セットしてもらい、鏡に映った自分はまるで別人のようだった。来る前とはまったく違う。パーマがかかった鎖骨《さこつ》ぐらいまでの髪を無造作に結んでいることが多かったけれど、ばっさりと切り、ショートヘアになった。厚めだった前髪はものすごく短くなり、それを左に流している。トリートメントもしてもらったので、指通りがなめらかで気持ちいい。トリートメントなんて何年ぶりだろうか。

「かなり切りましたけど、毛先にパーマが残ったのでセットしやすいと思います。分け目を決めないで頭頂部から前におろすようにドライヤーをかけてくださいね。前髪は短くてとてもかわいいです。スタイリング剤をつけて、右から左に向かって流すようにしてください」

蒴子に、効き目は右目だと言われ、右目を印象づけるように言われていたのを思い出した。それも事前に伝えてくれていたらしい。すごく素敵ですよ、とイケメンに言い添えられて、その気になった。

「お母さん、ぜんぜん違う！　いいよ、その髪型！　女優さんみたい！」

帰ってきた彩華に開口一番に言われた。夫は、なじみのないショートヘアを見て一瞬眉をひそめたが、それはただびっくりしただけのようで、

「おしゃれになったなあ。いいじゃない、その髪」

と、笑顔で純代を眺めた。

純代は、再度蒴子に連絡を取って、買い物コンサルティングもしてもらうことにした。買い物コンサルティングというのは、コンサルタントと一緒にショップへ出向き、自分に似合う服を選んでもらうというものだ。

日時を決め、繭子のマンションの最寄駅に隣接している商業施設で落ち合った。

「髪型ばっちりですね！　メイクもいいです！　かわいいです！」

繭子に元気よく言われ、テンションがあがる。

「純代さんにぴったりのショップがあるので、そちらに行きましょう」

ブランドにはまったく詳しくないので、そのブランド名もはじめて聞くものだった。こんな若向けの店で大丈夫だろうかと不安になったが、繭子が勧めるなら間違いないだろう。すっかり繭子のことを信用している自分がいるのだった。

ショップの店員さんが、両手いっぱいの洋服を持ってきてくれた。

「昨日訪れて、純代さんに似合いそうなものを事前に見つけておきました。一着ずつ着てみましょう」

繭子が言って、試着室へ進んでゆく。

「こんなに？」

「予算より、少し多めに用意しました。このなかで、気に入ったものだけお買い求めくださいね」

先に金額の目途《めど》は伝えておいたが、二つしかない試着室の一室を占領してしまって、いいのだろうか。

「店員さんもわかっているから大丈夫です。お店にとっても売り上げになりますからね。純代さんは、すでに上客ですよ」

そういうものかと思って、小さくうなずく。

カラーコンサルティングで診断された、スプリングカラーの服が色とりどりにそろえてある。まず目についた、オレンジがかったピンク色の薄手の半袖ニットを試着してみる。ピンクは好きだけれど、似合わないと思って着たことはなかった。コーラルピンクという色らしい。ボトムスは黄色味がかった白色（バニラ色というらしい）のキュロット。いや、これはガウチョパンツというのだろうか。

「ガウチョパンツですね」

と、純代は言ってみた。

「いえ、これはスカンツです」

「……スカンツ」

知ったかぶりはよくないと思い知る。

「わあ、やっぱりすごくお似合いです。続けて、このカットソーとブラウスを着てみてください。下はそのままで」

言われた通りに着替える。新緑の葉のような色味（ブライトイエローグリーンという色らしい）のカットソーも、黄色っぽいベージュ色（ミモザ色というらしい）のブラウスも、バニラ色のスカンツによく似合っている。

「このようなてろっとした生地のブラウスは、ブラウジングするといいですよ」

ブラウジングとは、ウエストインしたブラウスを少し引き出して、膨らみをもたせることをいうそうだ。

「次はこちらの、ウォームグレーのパンツで」

これこそ、ガウチョパンツというのではないだろうか、と思ったが、口にはしなかった。

「これはワイドパンツです」

純代の心を読み取ったように、繭子が言う。とりあえずうなずいておいた。

穿き心地のよさに驚いた。しかも、足が細く長く見えるのだった。この色のスラックスは持っていたが、シルエットがまったく違う。十歳は若返ったような気になる。

「次は、このアイボリーのスカーチョを」

スカーチョ……。純代にとってはすべてキュロットだったが、名称はどうでもいい。

「スカートはちょっと……ということでしたので、今回はこのような形のボトムスを選ばせて頂きました」

繭子が言う。彩華を産んでからスカートを穿いた記憶がなく、なんとなく自信がなかったので、できればスカート以外で、と純代は事前に伝えておいたのだった。

その後も、繭子が選んでくれたトップスとボトムスを次々に試着していった。上下がつながっているオールインワンにもチャレンジした。自分で言うのもなんだけど、どれもとても似合っていた。

結局、トップス四枚とボトムス二枚を購入することになった。

「とってもいいですね。これらのトップスとボトムスは、いずれの組み合わせでも合いますから安心してくださいい。秋はこれで充分過ごせますよ」

合計金額は三万五千八百円だった。三万円の予算はオーバーしたが、許容範囲だ。普段は、行った先で衝動買いをして反省することも多い。一枚でこの値段もあり得る。無駄撃ちすることを考えたら、かなりお得ではないだろうか。

「すみません、本当はお客様の会計時には、わたしはさりげなくフェイドアウトしてそのまま帰ることになっているのですが、今日はこないだ頼まれたストラップをお持ちしたので、待たせて頂きました」

ストラップは、優蘭学院に行く際の入校証明書につけようと考えていた。授業参観、懇談会、説明会、保護者会など、学校内に入る際は必ず身分証明として首から下げる決まりがある。これまでは、百円均一で買ったなんのへんてつもない青いひものストラップを使っていたが、前回のクラブ活動の発表会のとき、よく見れば保護者のママさんたちはみんな個性的なストラップをつけていた。ビーズやリボン、ゴールドやシルバーのチェーンなどだ。そのときは、へえ、とただ感心しただけだったが、

「私立女子校のママさんたちに、大人気なんです」

と、カラーコンサルティングのときに繭子に品物を見せられ、思わず注文してしまったのだった。

繭子は、オリジナルアクセサリー類の販売もしている。自ら韓国に行って直接交渉して作ってもらっているとのことだ。靖恵など、繭子のピアスが気に入って、わざわざピアスの穴を開けたほどだ。

デパートの吹き抜けロビーにある椅子に腰かけ、繭子が持ってきたストラップを見せてもらう。首に下げる部分はコットンパールが連なっていて、胸元には黒いビロード生地のリボンがついている。つけてみると、驚くほど軽い。

「お洋服の邪魔にもならないと思います。純代さんはピンクかベージュ系がいいかと思います」

どちらの色もすごくかわいかった。純代は、アクセサリーを見て純粋に「かわいい」と感じる感覚をひさしぶりに思い出していた。中学や高校時代に当たり前に持っていた、懐かしい感覚だ。長い間忘れていた。

純代はピンク系のほうを選んだ。ピンクといってもほんのりと色づいている程度の清楚なものだ。値段も思った以上に安価だった。

「仲介を挟まないので、お安く提供できるのです。これでも利益はありますので、ご心配なさらぬように」

蘭子が笑って言うので、純代も笑った。そして、そのままつられるように、蘭子が持ってきてくれた純代に似合うというネックレスとイヤリングも買ってしまったのだった。

すっかり雰囲気が変わった純代に、夫は「いいじゃないか、いいじゃないか」と、顔をほころばせ、彩華も「いいよ、いいよ」と、うれしそうな笑顔を見せた。

純代は、蘭子が選んでくれた服を着て、メイクを変えて、若い美容師さんに髪を整えてもらった自分の全身を姿見に映す。

「いいじゃない」

純代も思わず漏らした。とってもいいじゃないの、と。外側を変えるだけで、こんなに印象が変わるものなんだと純粋に感心した。地味な中年女だった自分が、短期間のうちに、洗練されている。デビュー当時、冴えなかった芸能人が、どんどんきれいになっていくのもうなずけると、純代は思った。その気になって丁寧に手をかければ、誰だってなんとかなるものなのだ。

「ねえ、お母さん。来週の授業参観、その服着てきて。ね、絶対だよ」

彩華が言う。ブライトイエローグリーンのカットソーと、バニラ色のスカンツだ。

「うん、これを着て行くね」

これで、思春期真っ只中の彩華の面子《メンツ》も保たれるだろうと、純代は胸をなでおろした。

買い物コンサルティングの帰り、新しい靴も購入していた。藺子に頼もうかと思ったが、すぐに欲しかったので、紙袋のなかの服を見せ、店員さんに似合うものを選んでもらったのだ。シャンパンベージュのパンプス。三センチのローヒールだが、ヒールがある靴自体ひさしぶりだ。

靖恵からイメージコンサルの話を聞いたときは、それほど乗り気ではなかったのに、いやがうえにも純代の気分はあがっていた。

彩華の通う優蘭学院に行くには、電車を二つ乗り換える。ホームで電車を待っていると、年配の女性に声をかけられた。

「すみません、恵比寿《えびす》駅に行きたいんですけど、この電車で大丈夫でしょうか」

純代はうなずいて、この電車で合ってますよと答えた。

最寄駅について学校に向かって歩いていると、今度は前から歩いてきた若い女の子に、呼び止められた。

「スポーツセンターに行きたいんですけど、この道で合ってますか。スマホを忘れてしまって」

関西なまりがあった。スポーツセンターには前に一度、彩華の卓球部の試合観戦で行ったことがあった。

「次の交差点を左に行って百メートルくらい歩くと、右手に見えますよ」

純代は身振りを交えて教えてあげた。我ながら、気持ち悪いほどやさしい声が出た。女の子は笑顔で礼を言い、足早に歩いて行った。

道をたずねられたのなんて、ひさかたぶりのことだった。これも外見を変えたせいだろうか。これまでの自分は、道を聞いても教えてくれないと思わせるほど無愛想に見えていたのだろうか。純代は、なんだか世間に対して申し訳ないような気持ちになった。

学校に着いて、コットンパールのストラップの入校証明書を首に下げ、正面玄関で携帯用ルームシューズに履《は》き替えた。このルームシューズは靖恵が送ってくれたものだ。

一緒に付き合ってもらったカラーコンサルティングの、その後の進捗《しんちょく》状況を靖恵に電話で話したときに、今日の授業参観のことを伝えたら、「ルームシューズは大事よ！」と声高《こわだか》に諭《さと》されたのだった。見ている人は見ているのだと言う。純代はこれまで携帯用のえんじ色の無地のスリッパを使っていたが、他の人の足元なんて気にしたことはなかった。

「純ちゃん、これからどんどんそういう細かいところも気になっていくはずよ。実際わたしがそうだったもの」

靖恵が得意げに言い、「わたしとおそろいのルームシューズを送るから、待っててね！」と電話を切った。

靖恵から送られてきたルームシューズはベージュベースで、甲の部分にレースでできた薄ピンク色の薔薇《ばら》の花があしらってあり、乙女心が存分にくすぐられるデザインだった。自分の足元に視線を送るたびに、うきうきと心が明るくなる。

階段を上がって、一年E組の教室に入った。さっき始業のチャイムが鳴ったばかりだったが、教室にはすでに何人かの保護者が待機していた。純代はすかさず保護者たちの足元に目をやる。実にさまざまなルームシューズやスリッパがあった。足元に気を遣っている人は、服のセンスもいいような気がした。

英語の授業だった。担任の女性教諭は英語が専門だ。彩華は真ん中の列の後ろから三番目に座っている。先生が英語で挨拶をし、生徒たちが英語で答える。

ふいに彩華が後ろを振り返った。ばっちりと目が合う。彩華の顔が見る間にうれしそうにほころんだ。はじめて見せるそんな娘の様子に純代もうれしくなり、小さく手を振って笑顔を送った。

徐々に保護者の人数が増えてきて、純代はさりげなく入ってきた人の足元と首元に目をやった。入校証明書のストラップから、手作りっぽいもの、フェイク真珠のものないひものストラップも実にさまざまだった。なんのへんてつもないものも多かったけれど、やはりいちばん素敵なのは、自分がしているコットンパールのストラップなのだった。

「では、このページを読んでもらいます。今日はせっかく保護者の皆さんが来てくださっているので、ちょっと古典的な方法で当てていきますね」

先生が言い、生徒たちからひそやかな笑い声が起こる。

「今日は二十八日なので、出席番号28番の古矢《ふるや》さん、お願いします」

先生が指したところで、古矢さんとおぼしき生徒が、「うわあ」と声を出したので、教室内は明るい笑いに包まれた。古矢さんが英文を読んでいく。

「ありがとうございました。いい発音です。では、この部分の日本語訳を、2＋8で出席番号10番の関本《せきもと》さん、お願いします」

彩華だ！　彩華が立ち上がって、すらすらと答える。英語は好きな科目だと言っていた。

「はい、そうですね。関本さんの日本語訳、ばっちりですね」

先生が拍手を送る。彩華の背中がうれしそうだ。純代は誇らしい気持ちでいっぱいになった。

英語の授業は終始たのしい雰囲気で進み、滞《とどこお》りなく終了した。あっという間だった。このあとは、場所を移して学年懇談会がある。純代は彩華に手を振って、教室をあとにした。

多目的室という名前のついた、広い教室に向かう。一年生の保護者がクラスごとに座れるようになっていた。彩華のクラスのE組の保護者のなかで、純代の顔見知りのママさんは二人ほどいる。これまでの授業参観や懇談会で、なんとなく一緒にいるようになった。連絡先もまだ交換していないけれど、あの二人はどこにいるのだろう。今日は姿が見えなかった。

「それ、素敵ですね」

いきなり声をかけられた。すごくかわいらしい人だ。中学一年の娘がいるとは到底思えない若さだ。

「そのストラップ」

そう言って、純代の胸元を小さく指さした。

「あ、ああ、これ。コットンパールなんです。とても軽くていいですよ」

純代はにこやかに答えた。

「わたし、原美咲《はらみさき》の母です」

美咲ちゃんという名前は、彩華から何度か聞いたことがあった。

「関本彩華の母です。いつもお世話になっています」

挨拶をして、美咲ちゃんママと世間話をしていると、何人かの保護者の人たちが純代たちのまわりに集まってきた。

「そのストラップ、とってもかわいいですね」

「わたしも気になってました」

「どこで売ってるんですか」

「室内履きもとってもおしゃれですね」

口々に声をかけられたところで、懇談会の時間になった。部活動のことや、秋の合唱コンクール、泊まりがけでの校外学習についての話だった。

一時間程度の懇談会が終わったところで、美咲ちゃんママに、

「お茶でも飲んでいきませんか」

と誘われた。他のママさんたちが、いいですねとうなずく。純代もうなずいた。

このあと特に用事はない。行けるママさんたち四人で、駅前のカフェに寄ることに

なった。

多目的室を出るとき、例の顔見知りのママさん二人を見つけた。目が合ったので、こんにちはと挨拶すると、二人も軽く会釈してくれたが、そのままそそくさと行ってしまった。よかったら一緒にお茶でもと思っていたが、そういうつもりはないらしかった。

ああ、そうかと、純代はなんとなく合点した。純代の外見が変わったことで、彼女たちは純代から離れていってしまったのだ。ついこのあいだまで、純代は彼女たちと同じ「そうでない人」側だった。同じ雰囲気をまとうママ同士、磁石に引き寄せられるように、同じ匂いをかぎとるように、体感的に感覚的に寄り合っていた。

今だって決して、「きらきらの人」ではないけれど、身に着けるものを変えたことで、彼女たちとは一線を画《かく》してしまったのかもしれないと、純代は思った。

奇妙な感慨だった。こんなに簡単なことだったのかと、力が抜けていくようだった。人は見た目に左右されるのだ。そういう本も流行《はや》ったではないか。はなからあきらめて、何十年も開けないまま錆《さ》びついていた扉が、ちょっと油をさしたら、いとも容易に開いたのだ。

学生時代、自分はいつだって、「そうでない人」側の人間だった。地味で取り柄もなく、純代自身、なるべく目立たないように波風を立てないように、身をひそめるようにして学校生活を送っていた。辛いとかつまらないとか、そんなふうに感じることはなかった。ただ、そういうものだと漠然《ばくぜん》と思っていた。派手で明るく見た目もよく、おしゃれな「きらきらの人」たちは、自分とはまったく違う生き物なんだと、自ら線引きをしていた。

「彩華ちゃんママは、どれにします？」

美咲ちゃんママに声をかけられて我に返る。

「お腹空《す》いたから、結局セットにしちゃった」

美咲ちゃんママが舌を出す。どうやらみんな、ケーキやパンケーキのセットメニューに決めたらしかった。

「じゃあ、わたしも。リコッタチーズのパンケーキセットでコーヒーを」

店員さんが注文を取りメニューをさげた。明るくきれいな店内。広い窓から、夕方前の明るい陽射しが差し込んでいる。

純代以外の三人も顔見知り程度の関係ということで、改めてみんなで自己紹介をした。三人とも中等部からの入学組だった。かなり遠い地域から通っている人もいて、さすが私立女子校だなあと思ったりした。

おいしいケーキやパンケーキを食べながら、とりとめない話に花が咲く。ほんの半年前の、あの怒濤《どとう》の中学受験のあれこれを乗り越えた経験を、ここにいるみんなが体験しているというだけで、なにも言わずとも古くからの仲間のような気がするのだった。

子どもたちのクラスのことや部活動のこと、友人関係や先生たちのことから入り、それからは自然と自分たちの話に移っていった。二人は仕事を持っていて、純代と美咲ちゃんママは専業主婦だった。

趣味や習い事、アンチエイジングについてなど、話題はあちこちに飛び、姑《しゅうとめ》や夫の悪口まで飛び出すといった具合で、とてもたのしく盛り上がり、純代は声をあげて何度も笑った。話は尽きず、みんなでお茶のおかわりをした。純代がブヨに刺された話をおもしろおかしく披露すると、おおいに受けた。記念に自撮りした、ブヨにやられたときの画像を見せると、三人はお腹をよじらせて笑った。

ここにいる三人とも、とてもきれいでおしゃれで、純代が判断するところの「きらきらの人」たちだ。内心、おそるおそるお茶に参加した純代だったが、憂《うれ》うことはまったくなかった。みんな良識ある大人なのだった。

「ねえねえ、純代さんのストラップ、どこで手に入るの？」

年齢も住んでいるところも異なる四人だったが、こんなちょっとの間にすでに敬語をやめて、名前で呼び合うようになっていた。

「そうそう、すっごくかわいい。欲しいわあ」

「教えて教えて。どこで売ってるの？」

純代はバッグから、コットンパールのストラップを取り出した。

「これね、いろんな色があるのよ」

純代はイメージコンサルティングをしたことを話し、ストラップはそこで購入したと伝えた。そして、これまで外見にまるで気を遣っていなかったことから、買い物コンサルティングに至るまでのことを包み隠さず話した。みんな興味津々《きょうみしんしん》に聞いてくれた。

「今日の服とか、すっごい純代さんに似合ってるもの。わたしもやってみたい、イメージコンサルティング！」

「わたしも！」

美咲ちゃんママのかすみさんと、ひかるちゃんママの杏子《きょうこ》さんが言い、

「わたし、実は前にやったことある」

と、海羽《みう》ちゃんママの薫《かおる》さんが言った。

「わたしのカラーはサマーだったの。確かにその色は似合ってたと思うんだけど、そこの先生はなんていうのか、自分大好きの人で、パーティみたいなお誘いが多くて、結局ついていけなくて縁が切れちゃった」

「まあ、そうだったのね」

薫がすでにカラー診断をやっていたことに感嘆した。でも、縁が切れたという先生のことには、純代も多少なりともうなずける部分があった。最初に靖恵から聞いたとき、実はちょっと怪しんで、ネットでいろいろとイメージコンサルタントについて検索してみたのだった。ホームページで、自分のドレス姿の画像を多くあげているコンサルタントを見て、おおいにげんなりした記憶は新しい。

買い物コンサルティングのとき、純代はそのことについて、繭子にさりげなくたずねてみた。

「そういう人もいます。というか、そういう人のほうが多いかもしれません。お客さんよりも、自分大好き派のコンサルタントです」

繭子は口をへの字にして、外国人のように肩をすくめた。繭子はホームページを持っていないし、宣伝もしていない。新規のお客さんは、紹介でしか受け付けないらしい。そのほうが安心できるし、キャンセルも少ないという。

純代は、繭子のコンサルティングについて丁寧に説明しながら、繭子の人柄についてもできる限り正直に話した。純代は、今この段になって、自分がかなり繭子に好意を持っていることに気が付いた。一生懸命、説得するように話す自分がおかしかった。

「じゃあ、もう一度やってみようかな」

薫さんが言った。

「きっとカラーは変わらないと思うから、買い物コンサルとかを頼んでみたらいいんじゃないかな」

と純代は提案した。

「わたしは、カラーコンサルやってもらう！」

「わたしもやる」

かすみさんと杏子さんが言い、あれよあれよという間に、新しくできたママ友三人に、繭子を紹介することになった。


かすみはスプリングで、杏子はウインター。結局、授業参観からさほど日を置かずに、すっかり仲良くなった四人で繭子のところに出向いたのだった。

繭子にザクロジュースを出されたとき、これ、おいしいのよねえ、といつぞやの靖恵のようにつぶやいてしまった自分が滑稽だったが、実際とてもおいしいのだった。

薫については、以前カラーコンサルティングをやった旨を伝えたところ、ひと目で「サマーですね」と繭子に言われ、「おおっ！」と全員で声をあげることとなった。

「今はいろいろな分析方法がありますが、よほどのことがない限り基本のカラーは変わらないと思います。基本カラーのなかでも、日焼けしたり太ったり痩せたりで、サクセスカラーとNGカラーは変わることはありますけれど」

繭子に言われ、四人でおおいにうなずく。純代の場合、スプリングのなかでもネイビーや茶色、紫はNGカラーで、コーラルピンクやライトベージュなどはサクセスカラーだ。

純代は、かすみが自分と同じスプリングだったことが驚きだった。顔の造作《ぞうさく》がまったく違うのに、カラーは同じなのだった。

「杏子さんは、眉毛をいつも左側から描いてませんか?」

杏子のメイクを見た繭子は、まるで過去を見通す占い師のように言い、杏子はぎくしゃくとうなずいた。

「左の眉はとてもいいです。きっと左側の眉を描くほうが楽というか、得意なのではないでしょうか。でも今度からは右の眉から描くようにしてください。今の右眉は、途中で力尽きて行き倒れています」

杏子が、「ははーっ」とひれ伏すようなジェスチャーをして、笑いが起こった。

その日は繭子に一日空《あ》けてもらい、かすみと杏子のカラー診断が終わったあと、薫のメガネを買いに行くことになった。メガネコンサルティングだ。

薫は普段コンタクトレンズを使っているが、最近乱視が入ってきて、コンタクトレンズだとぴったり合うものがなく、見えづらいということだった。自宅で使っているメガネは度数がきちんと合っているので視力的にはいいが、薫自身メガネが似合わないような気がしていて、外出時はいまだコンタクトレンズを手放せないとのことだった。

「そのメガネは似合いませんね。ちょっと古いです。ダサい係長っぽいです」

自宅用メガネを見せた薫は、繭子にそんなふうに言われて、ちょっとちょっとお！　と声をあげた。まるで遠足気分だった。どこまでもたのしいのだった。

種類豊富なメガネ店に行き、繭子は薫に似合うメガネをいくつかチョイスした。純代たちも見守り、ときおり「いいね」とか「イマイチ」とか、無責任かつ本気で横やりを入れた。

薫が決めたのは、薄い水色の四角いフレームのメガネだった。純代がかけると、教育ママゴンっぽくなってしまうのに、薫がつけるとやさしい雰囲気になるのだった。

「教育ママゴンって、なによそれえ。いつの時代よう」

かすみに背中を叩かれ、大笑いした。

その日、かすみ、杏子、薫の三人は、コットンパールのストラップを購入した。

ベージュ、レッド、ブルー系と、色はそれぞれ異なるが四人でおそろいだ。若い娘のように、おおいに盛り上がった。

四人はすっかり意気投合し、LINE《ライン》のグループを作り、その後もちょくちょくと連絡を取り合うようになった。時間が合えば会ってお茶をしたり、事前に予定を立てて飲みに繰り出したりだ。夜に家を空けて飲みに出かけるなんて、彩華が生まれてからは一度もなかったかもしれない。

「行っておいでよ」

と夫も快《こころよ》く見送ってくれ、留守にするというのに彩華もうれしそうだった。

会えば、純代が知らなかった学校関連のさまざまな情報を得ることができたし、内部進学組保護者たちとのちょっとした隔《へだ》たりについて、それぞれが胸の内を吐露《とろ》するのも正直でよかった。こんなふうなママ友同士の関係は、純代にとってははじめてのものだった。幼稚園時代のママ友は気を遣うばかりの面倒くさい間柄だったし、小学校時代はママ友自体の関わりがほとんどなく、PTA活動ぐらいだった。

かすみは四十二歳、杏子は四十六歳、薫は四十七歳だ。小ぎれいにしているので、みんな年齢よりもずっと若く見える。

不惑《ふわく》を過ぎた彼女たちは、すでにいろいろなことを乗り越えて、一巡してフラットに戻ったのか、どこをとってもいい意味で常識的で、遠慮はないけれど踏み込む程度は承知していて、気ままで気楽で、シリアスなことも全部冗談みたいで、会えば顔が筋肉痛になるほど笑ってしまうのだった。

　外見を変えただけで気分が明るくなり、そのおかげでこうして新しい人間関係を築けたことが純代はうれしかった。これまでの四十四年間、「そうでない人」で過ごしてきた純代にとって、神様からの思いがけない贈り物のように感じられた。イメージコンサルティングを教えてくれた靖恵にも、具体的な方法を教えてくれた繭子にも心から感謝した。

　まわりの対応も、あきらかに変わった。外見を変えただけで？　まさかそんな単純なことで？　と、最初のうちは気のせいかもと思っていたけれど、確実に前とは違うのだった。夫と彩華の機嫌はいいし、買い物に行く先々では、お店の人がこれまで見せたこともないような笑顔と丁寧さで接してくれた。

　しょせん人は外見なのかと思うと、これまでの人生は一体なんだったのかと、複雑な心境にもなる。人間はなにより中身が大事なんだと、誰に言われたわけでもないけれど、そう思って純代は生きてきた。外見より内面。道徳的に善しとされていることは、なによりも無条件に正しいものだと思ってやってきた。

「でも、そうでもないのかもね」

純代はひとりごちてみる。考えても、万人にとって正しい答えは出そうになかった。

　優蘭学院中等部一年生の秋の合唱コンクールが行われ、かすみ、杏子、薫と学校で待ち合わせた。おそろいのコットンパールのストラップは目立っていて、素敵ですね、などと、他の保護者から何度か声をかけられた。

　以前一緒にいた二人に会釈され、純代は嫌味にならない程度の明るさで挨拶を返した。彼女たちにも、ぜひとも「きらきらの人」もどきを体験してほしかった。カラー診断をして似合う色の服を着て髪型を変えて、コットンパールのストラップを下げて、気の合う仲間とたのしむ。と、そこまで考えて、あまりにも不遜《ふそん》ではないかと、頭を振った。

「こんにちは」

　声をかけられ振り返ると、真朝ちゃんママがにこやかに立っていた。

「お隣いいですか」

　座席はクラスとは関係なかったので、「どうぞ」と純代は答えた。言葉とは反対に、心臓はばくばくと波打っていた。

　純代は、右側に並んで座っている三人のほうに顔を向けて、とりとめない話題を話しながらも、どうにも左にいる真朝ちゃんママの存在が気になって仕方なかった。身体の左半分がぴりぴりと張りつめている。

　仲のいい三人とばかり話していないで、真朝ちゃんママともしゃべったほうがいいのだろうか。真朝ちゃんママも一緒に会話に入ってもらったほうがいいのだろうか。と、純代は頭の片隅で考えつつ、でも実際そうしないのは、自分はまったく真朝ちゃんママと話したくないし、真朝ちゃんママに仲間に入ってほしくないのだ。

「そのストラップかわいいですね」

　話が一段落して少しの間ができたとき、すばらしいタイミングで真朝ちゃんママが声をかけてきた。はっきりとしたよく通る声だったので、純代以外の三人も一斉に真朝ちゃんママを見た。

「ですよね、とってもかわいいですよね、これ」

　と、かすみが自分のストラップを掲げて言い、気に入ってます、と薫が答えた。

「どこで手に入るんですか。わたしも欲しいです」

　と、真朝ちゃんママが言ったところで、大きなブザーが鳴った。ざわめきが静まり、先生が前に出て、合唱コンクールのはじまりの挨拶がはじまる。真朝ちゃんママの問いかけは、そのままフェイドアウトとなった。純代は細く長い息を吐き出し、ひどく安堵《あんど》している自分に気が付いた。

教えたくないのだった。真朝ちゃんママにはイメージコンサルのことを知られたくなかったし、ストラップの入手方法なんて絶対に言いたくないのだった。

彩華のE組は、いきものがかりの『笑顔』という曲だった。サビの部分だけは、耳にしたことがあったけれど、はっきり言って知らない曲だ。真朝ちゃんのA組は、井上陽水《いのうえようすい》の『少年時代』で、こちらは知っていた。純代の短大時代に流行って、よく聞いていた。ふいに、当時の記憶がよみがえる。実家のベランダから見た夕焼けや、アルバイト先の飲食店の風景、ラジカセを用意し、ベッドのなかで聞いた深夜ラジオ。誘われた合コンで嫌な思いをして泣いたこともあった。

純代は左側にいる真朝ちゃんママからの無言の圧力を勝手に感じていたが、A組が『少年時代』を歌い終えた頃には、もはや気にならなくなっていた。自分が気に病む必要はないのだ。「きらきらの人」のご機嫌をとるのはもう充分、まっぴらごめんだ。

合唱コンクールの優勝は、真朝ちゃんのいるA組の『少年時代』だった。彩華たちの『笑顔』は最下位だったが、順位などどうでもよかった。

閉会の言葉のあと、純代はさっさと席を立った。このあと、四人でお茶に行くことになっている。

「お先に」

と、純代は真朝ちゃんママに挨拶をして、三人を促して学校をあとにした。

「お母さんの入校証のパールのストラップ、真朝のお母さんも欲しいんだって。どこで売ってるのか聞いてきて、って言われちゃった」

合唱コンクールからだいぶ経った頃、彩華に言われた。

「え？」

まず驚いた。そして、じりじりと嫌な気分になり、そのあとむくむくと腹立たしくなった。子どもを使ってまでたずねるなんて、真朝ちゃんママは図々しいと感じたのだ。

「あれはほら、お店で買ったわけじゃないから」

と、純代は答えた。

「お母さんに似合う服を選んでくれた人のところで買ったんでしょ？　カラーなんとかっていう」

「……うん」

「そこで買えないの？」

「コンサルをした人だけみたいよ」

繭子は、アクセサリー類はコンサルティングをした人だけに安く提供していると言っていたから、嘘ではない。

「ふうん、そうなんだ」

「真朝ちゃんのお母さんはおしゃれだから、イメージコンサルは必要ないんじゃない？」

「うん、そうだね」

さも当然だと言わんばかりに彩華が答える。

いつも自分に合った服を着ている真朝ちゃんママは、すでにイメージコンサルティングを受けたことがあるかもしれない。いや、真朝ちゃんママ自身が、イメージコンサルタントの資格を持っているかもしれない。真朝ちゃんママは、そういうのが好きそうなタイプだ。

それでも念のため、純代は藺子に連絡を取ってみた。藺子にははっきりと断ってもらえれば、もやもやとした呵責《かしゃく》めいた気持ちがなくなると考えたからだ。

――コットンパールのストラップを欲しがっているママ友がいるんですけど、コンサル受けていない人は買えませんよね？

と、ＬＩＮＥを入れた。

――基本的にはお分けしておりませんが、純代さんのお友達ということであればいいですよ。

「えっ……？」

藺子からのＬＩＮＥの返事にしゅるしゅると力が抜けていく。純代は藺子の返信を何度も何度も読み返して、

「いや、お友達じゃないから！」

と、自らを奮《ふる》い立たせるように声を出した。真朝ちゃんママは友達じゃない。ママ友という大きな括《くく》りには入っているけれど、「友達」というのはかすみや杏子や薫のことで、真朝ちゃんママはただの「知り合い」だ。よって、コットンパールのストラップを紹介する義務はない。純代はそう結論付けた。


「彩華ちゃんママ〜、こんにちは」

スーパーで真朝ちゃんママに声をかけられたとき、純代は、自分の悪しき気持ちが現実を連れてくるのか、それとも悪しき心を戒《いまし》めるための現実が先にあるのか、などと、哲学的なことを瞬時に考えてしまった自分を愚かしく感じた。

「こんにちは。すっかり日が短くなりましたね」

ようやく過ごしやすくなったなあと、ついこのあいだまで思っていたが、季節は確実に動いていて、すでに十一月も半ばを過ぎていた。

「彩華ちゃんママ、以前とはすっかり雰囲気が変わりましたね。とっても素敵で

す」

真朝ちゃんママににこやかに言われ、純代は、どもりながら礼を言った。早くこの場所から逃げ出したかった。

「あの、こんなことおたずねするのはぶしつけなんですけど」

きたきたきた……！

「彩華ちゃんママたちが持っている入校証のストラップ……」

やっぱりそうきたか。純代は平常心を装《よそお》って笑顔を貼り付けながら、熱心に聞いている振りをした。

「あのコットンパールのストラップ、あれ、真似して作ってもいいですか？」

「はい？」

「真朝から聞いたんですけど、一般には売っていないとのことだったので、手作りしてみようかな、なんて」

すぐには言葉が出なかった。

「学校以外でも、仕事柄、入構証をつけることが多くて。やっぱりストラップがかわいいと気分もあがるし、お客さんの印象もいいと思うんです」

「はあ……」

「どうでしょう？」

真朝ちゃんママは、とっておきの笑顔で首を傾《かし》げて純代を見た。

「ただのひがみだってわかってるの。きっと真朝ちゃんママは、これまでずっときらきらの人生を歩んできて、怖いものなしなのよ。わたし、今回イメージコンサルやって、外見が少し変わって、みんなに出会って、ようやく『きらきらの人』側に近づけたって思ってたの。それまではずーっと『そうでない人』で、地味人生だったのよ……」

スーパーで真朝ちゃんママに会ったあと、純代はあまりにも気に病んでしまい、かすみと杏子と薫に、緊急召集を求めるグループLINEを送ったのだった。急だったというのに、三人はわざわざ時間を作って来てくれた。純代はもうそれだけで、涙が出そうだった。

「純代ちゃんが、真朝ちゃんママに教えたくない気持ち、わかるわー」

杏子が言い、

「真朝ちゃんママは、本物の『きらきらの人』って感じだものね」

と薫が、ビールを飲み干しながら言った。

「てか、『きらきらの人』って、なによ。やめてよう」

かすみが言う。

「かすみちゃんも、真朝ちゃんママと同じく、根っからの『きらきらの人』だから……」

純代は遠慮がちに言った。会う回数が増えていくうちに、いつの間にかみんなな「さん付け」から「ちゃん付け」になっていた。

「やだ、なに言ってんの。じゃあ、打ち明けちゃうけど、わたし、昔っからのやおい爆裂だよ。引かれると思って、みんなには内緒にしてたけど。美咲も嫌がってるもん、わたしのこと」

一瞬の間のあと、

「やおいってなに?」と薫が聞いた。

「真性の腐だよ。BLだよう。昨今はBL人気高まってるけど、わたしはほんと、初期からだからさー」

かすみが変顔で答える。薫はそれでもわからないらしく、詳しくかすみにたずねた。その様子がおかしくて、みんなで大笑いとなった。

「ほらあ、笑うでしょ?　ばかにしたでしょ?　だから言いたくなかったのよ」

「いやいや、ばかにしたんじゃなくて、いいなあ、と思ったんだよ」

杏子が言う。純代もおおいに同意して、うなずいた。

「ちなみにどういうのが好きなの?」

杏子がたずねると、かすみはものすごい早口で、ものすごい数の漫画のタイトルをまくし立てた。

「……ひとつもわからなかった」

杏子が言い、薫も純代も素直にうなずく。

「だからさ、純代ちゃん。『きらきらの人』とか、そんなの分けなくていいよ。わたし、みんなとこうして話せてたのしいけど、腐友《ふとも》といたって同じくらいたのしいもん。コミケのときなんて、絡み全開のTシャツ着ちゃってるけど、めっちゃテンションあがるしたのしいよ」

かすみの言いたいことは、よくわかった。学生時代の友達はみんな地味だけれど、友人関係は続いていて、遠く離れていても二年に一回は会っている。会えない期間が長くても、会えばいつだって学生時代のままの距離感で盛り上がれる。着ている服なんて関係ない。

「そうだよ、純代ちゃん。わたしだって、決して『きらきらの人』じゃないよ。うちは、姑がうるさいの。見栄っ張りだから、嫁の見た目をなによりも気にするんだよ。わたし自身は、実はあんまり服とかに興味ないの。学生時代も結婚前もずっとジーンズにTシャツだったし。って、そう言うと、逆におしゃれっぽく聞こえるかもしれないけど、ぜんぜんそうじゃなくて、量販店の安いストレッチジーンズにダサいTシャツよ。楽ちんだったらなんでもいいの」

杏子が言う。

「わたしもそうだよ。会社勤めしてるから、一応気を配っているだけ。四十七歳のおばさんが家着《いえぎ》みたいな格好で仕事先に行けないでしょ」

と薫が続けた。

「繭子さんのストラップ、真朝ちゃんママに紹介してあげたらいいんじゃない？」

かすみが言い、

「うん。真似して作られるより、買ってもらったほうが繭子さんも喜ぶよ。売り上げにもなるし」

と、杏子が言った。薫も、うんうんとうなずく。

「……そうだよね」

純代は小さく何度もうなずいた。

「純代ちゃんの苦悩はちゃんとわかってるって。でもここは、いいとこ見せようよ。真朝ちゃんママはあれだけの美人だし、ちょっと悔しく思う気持ちもあるけど、紹介しないほうが後悔が大きいと思うな」

杏子が言い、純代はすんでのところで涙ぐみそうになる。

こんなみみっちい意地のことでみんなを呼び出して、あげく自分の卑屈《ひくつ》さを露呈《ろてい》して、結果、やさしく諭される自分は情けなかったけれど、あれほど気をもんでいたのが嘘のように悩みは霧散《むさん》し、気持ちは満たされていた。

このメンバーといると、純代はいつも末の妹のような立場になってしまう。学生時代も、会社員時代も、現在の家庭も、その位置は経験したことがなかったけれど、それはひどく居心地がいいものだった。

翌日、純代は真朝ちゃんママに連絡を取って、コットンパールのストラップが買えることを伝えた。真朝ちゃんママは想像以上に喜んで、純代に何度も礼を言い、純代のほうが恐縮してしまった。

繭子から提示された金額は、コンサルを受けた純代たちの三割増しの値段で、純代はひそかににやついた。金額のことをＬＩＮＥグループで報告すると、三人からそれぞれ、喜びを嚙みしめたような秀逸《しゅういつ》な表情のスタンプが届いた。己《おのれ》の器《うつわ》の小ささはさておき、純代の心はすっきりと晴れ渡ったのだった。

季節がすっかり冬本番の支度をはじめた頃に、優蘭学院中等部保護者の茶話会があった。純代たちがそろっておしゃべりをしていると、真朝ちゃんママに声をかけられた。かすみと杏子と薫はすべて承知したように、純代にさりげなく視線を送った。

「あれ、あのストラップは？」

純代は思わず言っていた。真朝ちゃんママの首に下がっているのは、なんのへんてつもない黒いストラップだったからだ。

「その節《せつ》はどうもありがとうございました。コットンパールのストラップ、仕事先で使わせてもらっています。とってもかわいくて大人気ですよ」

「今日はしてないんですね」

「ええ。彩華ちゃんママたちがおそろいでとってもかわいくて素敵なので、学校では遠慮しようと思いまして」

「いやいや、そんなことまったく気にしないでください。黒のコットンパール見てみたいですし、今度ぜひ」

純代が言うと、かすみたちも「ぜひぜひ」と、うなずいた。

「はい、どうもありがとうございます」

真朝ちゃんママはきれいな笑顔で頭を下げ、では、と言ってA組のほうへ歩いて行った。

「確かに『きらきらの人』だね」

杏子が言う。

「モデルさんみたいに姿勢がいいね」

かすみが言い、

「大人だね。一枚上手だね」

と、薫が続けた。

「はーっ、ちまちま考えてたわたしって、ほんっとばかみたいだわー」

純代がそう言って天を仰ぐと、三人はまあまあと言って純代の肩を叩き、おかしそうに笑った。

# 第二話

# あかねの場合

店を間違えたのかと思った。あかねはドアをしずかに閉めて後ずさり、スマホのメールを見直した。店名を確認する。この店で合っているらしい。再度ノブに手をかけたところで、

「あかね！」

と声をかけられた。

「あかねだよね？　わあ、ひさしぶり！　って、そりゃ三十年ぶりだもんねえ。かはっは」

一瞬、誰なのかわからなかったが、その特徴的な笑い方で思い出した。

「もしかして弘美《ひろみ》？」

「そうだよー！　弘美だよ、旧姓西村《にしむら》弘美、現大谷《おおたに》弘美」

驚いたことに、弘美はものすごく太っていた。顔ははちきれんばかりに膨《ふく》れ上がり、肩幅や腰回りにはおそろしいほどの貫禄がついていた。電車に乗ったら二人分の座席は余裕で必要だろう。弘美は満面の笑みで、顔にしたたる汗をタオルハンカチで拭《ぬぐ》っている。

三十年という歳月。生まれたての赤ん坊が、赤ん坊を三人ぐらい産んでも不思議はない年月だ。

「あなた、確か鹿児島にお嫁に行ったんじゃなかったっけ」

あかねは、弘美が激太りしたことへの驚きを悟られないように、極めて落ち着いた口調でたずねた。九州へ嫁《とつ》いだと、ずいぶん昔に聞いたことがあった。弘美とは連絡を取り合うほどの仲ではなかったので、早い結婚だなあと思ったきり、気にしたことはなかった。

「そうそう、鹿児島よ。今日はせっかくのクラス会だから、ひさしぶりに上京してきたの。孫を見せに実家にも顔を出したかったしね」

「孫!?」

「長女の子どもよ。こないだ二歳になったの」

あかねは思わず目をむいた。四十八歳でおばあちゃんとは！　けれど、冷静に考えてみれば、孫がいてもおかしくはない年齢なのだ。三十年という歳月につくづくと思いをはせる。

「あかねのところは？」

「う、うちはまだ中一」

弘美がそっかあ、とうなずき、

「あかねは変わらないわねえ」

と、あかねのつま先から頭のてっぺんまで目をやった。会社に行くときはパンツ姿が多いが、今日ははりきってベージュ色のきれいめなワンピースを着てきた。

「わたしなんて、ぶくぶく太っちゃって着る服ないわよう。高校時代の倍ぐらい体重あるかもしれないわあ。息してるだけで太っちゃうのよ。かははっ」

弘美はだぼっとしたチュニックを着ていた。昔で言うところの、ムームーだとかアッパッパーとかに近い。

「さあ、入ろ」

弘美に腕を取られて奥に入っていくと、大きな拍手と歓声に包まれた。時間より少し遅れてしまったので、すでにみんなそろっているようだった。

「あかね！　ここ、ここ！」

と手を振って呼んでくれたのは、今でもしょっちゅう連絡を取り合っている千佳《ちか》子《こ》だ。千佳子とは先月食事をしたばかりだ。あかねは手を上げてうなずいて、千佳子のいるほうに進んで行った。

あかねきれいねえ、変わらないねえ、などという、同窓生からのつぶやきを耳に入れながら、席に座る。

弘美はといえば、男性たちから笑い交じりの声をかけられ、そちらの席へ行った。男性たちといっても同級生だ。四十八歳の中年男たちだけど、感覚的には「男子」と言ったほうがしっくりとくる。

最初店に入って辺りを見回したときは、かなりの年配グループに思え、まさかここではないだろうといったん店から出てしまったが、いざこうして輪のなかに入って眺めてみると、みんなそれぞれ、四十八歳という年齢で妥当《だとう》なのかもしれないとあかねは思い直す。老年期はすぐそこまで迫っている。

「これで一応今日の参加者二十一名がそろったようですので、槙丘《まきおか》高校三年D組のクラス会をはじめたいと思います。幹事の佐藤茂明《さとうしげあき》です」

名前を聞いて改めて目をやると、そこに立っているのは確かに佐藤くんだった。頭部がかなりさみしいことになっている。面影《おもかげ》はもちろんあるが、髪の量で印象は大きく変わる。

「飲み物はいきわたっていますか？　はい、では皆さん、飲み物を持ってください。槙丘高校三年D組のクラス会！　三十年ぶりの再会を祝して、乾杯！」

「カンパーイ！」

声がそろい、グラスを合わせる賑やかな音が広がった。料理が運ばれてきて、しばしの歓談タイム。

「あかね、ひさしぶり！」

「元気だった？」

「どこに住んでるの？」

などと女性陣から声をかけられ、互いに近況報告をする。

実は昨夜、あかねは高校のときの卒業アルバムを引っ張り出して、名前の確認をしていた。ほとんど記憶がない子もいたが、おおかたのクラスメイトについてはちゃんと覚えていた。

そのうちに席の移動がはじまり、はじめは男女でなんとなく分かれていたテーブルはいつしか男女混合となり、三十年ぶりの挨拶《あいさつ》を交わし合った。

女性陣はみな、はつらつとして明るく、見た目も若々しかった。同窓会に足を運ぶような人たちは、それなりに自信と余裕があって来るのだろうとあかねは感じた。

もちろんそれぞれに歳を重ね、人生経験による貫禄はついていたが、外見に関して大きく変化したのは弘美ぐらいで、他の女たちは年相応の加齢具合だった。服装は小ぎれいにまとめられていたし、髪もカラーリングしている人がほとんどだ。今日のために美容院に行ったのかもしれない。あかねも三日程前にカットとカラーリングをしてきたばかりだ。この年齢になると、なによりも清潔感が大事になる。髪は清潔感の最たるものだ。

元気のいい女性たちに対し、男性陣は一様に年齢よりも老けて見えた。だぶついた贅肉《ぜいにく》があごや胴回りにつき、なによりもそれをまったく気に留めていない様子がありありと見て取れる。髪が薄くなるのは仕方ないが、ほとんど野放し状態だ。

外見に気を遣わなくなったであろう彼らに精悍《せいかん》さはなく、すべてをあきらめ放置している姿がさらに加齢度を進めているような気がした。スーツの人と普段着っぽい人に分かれていたが、普段着に関してはただただダサかった。九月中旬の今、ポロシャツにジーンズもしくはチノパンという格好がほとんどだ。着ている服は新しいものかもしれないが、清潔さがまるで感じられないのはどういうことだろう。家で寝転んでテレビを見たあと、そのままの格好で同窓会に来た感じだ。

「来ないほうがよかったかも」

あかねの考えていることが伝わったかのように、千佳子が耳打ちをしてくる。

千佳子は独身だ。三十年ぶりの同窓会での再会に胸躍らせていたが、期待していたような出会いはないと、早々に判断したらしい。

「無理！」

そう言ってビールをあおる千佳子に、あかねは小さくうなずいた。あかねにそんな気はさらさらなかったが、千佳子の言いたいことはよくわかった。これならば、会社の同僚たちのほうがまだ可能性があるというものだ。

それぞれがひと通りの挨拶を終えると、今度は自然と当時仲が良かったもの同士の小さなグループになって、昔話に花が咲いた。今日参加した女子十二名のなかで結婚していないのは千佳子を含めて三人で、一人はバツイチ。男性九名のうち、妻帯者は六人で三人は独身。うち二人はバツイチだ。子どもがいる人は多かったが、孫がいるのは弘美だけで、それを知った元クラスメイトからは低いどよめきが起こった。

「孫だなんて、なんだかあっという間の人生ねえ」

「ほんとあっという間だよね。うちなんて、いよいよ親の介護問題に突入よ」

「うちもよー。祖父と親のダブルパンチ」

「子どもも受験だし、悩み事は尽きないわあ」

「更年期《こうねんき》もあるし、ほんっと辛い」

女性陣たちは日頃の悩みをあけすけに打ち明けたが、それでもどこか突き抜けたような明るさがあった。一方の男性陣は仕事の話と趣味の野球やサッカーの話が多かった。そこに明るさはなく、地味に浅く打ち解け合っている感じだった。

「あかねちゃん」

ふいに名前を呼ばれ振り向いた瞬間、あっ、と無意識に声がもれた。

「森村《もりむら》くん!」

思わず甲高《かんだか》い声になってしまい、あまりにもわかりやすいだろうと、はずかしくなる。

「森村！　あんた、なにいきなり来て、開口一番、あかねに声かけてるのよ！」

弘美がめざとくこちらを見て、大きな声を出す。

「森村っ！　なんだよ、お前、来られないんじゃなかったのかよ」

幹事の佐藤も声をあげる。

「いやあ、あかねちゃんが来るって聞いてさ。急きょ予定を変更したわけよ」

森村は悪びれる様子なく堂々と言い放ち、場は一瞬微妙な沈黙となったが、

「相変わらずだなあ、森村は！」

と佐藤が朗《ほが》らかに言ったことで、不気味な沈黙はあきらめに似た失笑に変わった。

千佳子があかねの腕を肘でつつく。あかねは目を丸くしておどけてみせたが、千佳子にはバレているようだった。千佳子には言っていなかったが、あかねが今日来たのは、もしかしたら森村が来るかもしれないという噂を耳にしたからだ。

高校三年のとき、あかねは森村とはじめてクラスが一緒になった。ひと目見たときから気になる存在だったが、あかねには当時付き合っている他校の生徒がおり、森村のほうにも彼女がいた。森村の彼女はひとつ年上の先輩で、彼女が卒業してか

らも付き合いは続いていた。

森村はお調子者の人気者で、彫《ほ》りの深い端正な顔立ちは一見クールに見えてしまいがちだが、誰に対しても公平な態度で接する姿には好感が持てた。少々軽すぎるきらいもあったが、深刻にならないので誰のことも傷つけることなく、男女ともに好かれていた。

そんな森村が、大学生になった先輩との付き合いを続けていることが意外だったし、またひどく大人びても見えた。自分のあずかり知らぬところで、先輩とデートをし、さまざまな手ほどきを受けているかと思うと、羨望《せんぼう》とも嫉妬《しっと》ともつかない感情に襲われて胸がざわめいた。

互いに付き合っている相手はいたが、それぞれに気になっていることはあかねも森村も承知だった。まわりも気付いている様子でよくひやかされた。

文化祭の実行委員を一緒にやった際には、まわりから「お似合いカップル誕生!」「美男美女!」などとはやし立てられ悪い気はしなかったが、結局二人とも恋人と別れることはなく、となると必然的に付き合うこともなく、ふわふわとした甘い感触を残したままの卒業となった。

高校時代、あかねの学校生活はとても充実していた。幼い頃から顔立ちが整っていたあかねは、小学生の頃、女子たちから軽い嫌がらせを受けていた。ごくふつうにたのしく会話をしていても、ある瞬間を境に全員があかねに向かって敵意をあらわにすることがしばしばあった。

　その瞬間というのは、あかねが小さく笑ったことだったり、そうだよねと相槌《あいづち》を打ったりするようなことがきっかけで、誰かがそれについて、なにそれ？　と言ったり、視線を落としたりするトリガーによって、しずかな攻撃がはじまるのだった。あかねが謝っても、明るく賛同しても、殊勝《しゅしょう》に沈黙しても、彼女たちの機嫌は直らず、ただひたすら時間が過ぎるのを待つしかなかった。

　その経験から、あかねは自分なりにどうすれば平穏に過ごせるかを中学時代に試《し》行錯誤《こうさくご》した。がさつな態度をとってみたり、ときには孤高《ここう》を気取ったり、だらしなくふるまったりだ。うまくいったこともあったし、さらに面倒なことになったこともあったが、結局、三割程度の人間は、はなからあかねのことを嫌いで、それはこちらがどれだけ努力をしたところで、まったく変わらないということにあるとき気が付いたのだった。

　そうこうしているうちに、異性を意識し出した男子たちが、あかねに対してひどくやさしく接するようになった。男子の動向はわかりやすかった。こうすれば喜ぶだろうと思ったことをすると、想像以上に喜んでくれた。

　高校生になったあかねは、もう人間関係で悩むことはなかった。自分が気持ちよく過ごすことを基本とした。自分が好きでもない誰かにどう思われようと、どうでもよかった。親友と思える友達もできたし、なによりもおおかたの男子はあかねの味方だった。思い煩《わずら》うことのない高校生活だった。

「隣いい？」

そう言って、あかねの返事を待たずに森村が割って入って来る。

「だいたーん！」

弘美が遠くからはやし立てる。そういえば、弘美は森村のことを好きだったのだと、あかねははたと思い出した。高三の夏休み明けの朝の会のとき、弘美はクラスメイト全員の前で森村に告白したのだった。

「好きです、付き合ってください」

「わはは。ごめんねえ」

と、それだけで終わったと記憶している。あまりにも冗談みたいであまりにも瞬殺《しゅんさつ》だったため、衝撃のわりにみんなの記憶には残っていないかもしれない。あかねは、そんなふうに告白できる弘美がうらやましく、同時に尊敬もしたので、あかねのなかでは大きなトピックとして記憶に残っている。

「あかねちゃん、ほんっとひさしぶり！　会いたかったよ。ぜんぜん変わらないね」

あかねの隣に無理やり座り、あかねだけに向き合って話しはじめる森村の幼稚さに同級生たちは苦笑したが、あかねは男子たちのほの暗い視線も感じていた。

森村は、今日集まった同級生男子のなかで、ただ一人、自分をあきらめていない男だった。スーツの上からでも鍛えているのがわかる身体。この年齢で身体にフィットした細身のスリムスーツを着こなせるのは、食生活にもかなり気を遣っている証拠だろう。髪もきちんと整えてあり、最低ひと月に一度は美容院に行っているのがうかがえた。だらしなく弛緩《しかん》した他の同窓生とは、あきらかに一線を画《かく》している。

「このなかで唯一まともな森村はあかね狙いかー！　その他の男子じゃあ、恋の発展はなさそうだねえ。ああ、いやになっちゃう」

弘美が天を仰いで大きな声で言い、それを耳にした男性陣からは、

「誰がお前と恋するんだよ！」

「こっちから願い下げだ！」

「ふざけるな！」

と、大ブーイングだった。

女性たちは終始たのしそうだった。森村のあからさまな態度にも気分を害することなく、鷹揚《おうよう》に見守っている感じだった。彼女たちには余裕があったし、面倒なこ

とには距離を置いてひとまず見守る、という習性ができていた。

本日、恋目的でやってきたのは、千佳子ぐらいだろう。いや、もしかして万が一という可能性も、何人かの女子たちの脳裏《のうり》をよぎったかもしれないが、女たちは一様にいさぎよかった。ほんの少しの時間にあらゆることを判断し、過去の同級生男子たちを、「ただの懐かしいクラスメイト」というボックスにさっさと仕分けしたようだった。

「なんだよう、あかねちゃん結婚してるの？　ショックだなあ！」

森村は、あかねの左手薬指を指さして言いながら、おおげさにのけぞったが、そう言う森村の左手薬指にもプラチナリングは輝いていた。

「自分のことを棚に上げてよく言うわ」

あかねは、そう返した。

「あかねちゃん、おれの卒アルに書いたこと覚えてる？」

森村が耳元に口を寄せてたずねてくる。

「え？　なんて書いたっけ？」

「うそお、覚えてないのお？　ショックだわー」

「じゃあ、森村くんは、わたしのアルバムになんて書いたか覚えてる？」

あかねが聞き返すと、森村は、えーっと、ちょっと待って、と言って腕を組んで考えはじめた。

「自分だって覚えてないじゃないの」

あかねは笑って、森村の肩を叩いた。気安くボディタッチをする女は嫌いだったが、森村にならいいだろうと、自分自身にGOサインを出した。

当時、卒業アルバムにクラスメイトからひとこと書いてもらうのが流行《はや》りだった。あかねは卒アルを昨日確認してきたばかりなのでばっちり記憶していたが、自分がはたしてなんと書いたのかは覚えていなかった。

「三十歳になってもお互いに結婚してなかったら、結婚しようね」

森村の言葉にドキッとする。

「おれの卒アルにそう書いたんだよ、あかねちゃんは」

「わー、赤面《せきめん》」

言われてみればそんなことを書いたような気がしないでもない。若気の至りとはこういうことを言うのだなと、あかねは十八歳の頃の自分を思う。

「三十歳なんてとうに過ぎちゃったなあ。あかねちゃんは何歳で結婚したの？」

「三十二歳」

「わあ、なんだよお。三十歳のときはまだ結婚してないじゃない！　ああ、失敗したあ」

「森村くんは何歳で結婚したの」

「おれ？　おれは二十八歳」

ガクッと首が倒れた。森村は陽気に笑っている。そうそう、昔からこういう人だった。

「森村くんはね。わたしのアルバムに、『来世では一緒になろうな』って書いたのよ」

あかねたちの話を聞いていたらしい千佳子が、ヒューッと口笛を鳴らして、どこぞの芸能人みたいだわね、と言う。

「あんたたち、来世って言わずに、今晩にでも一緒になっちゃえば」

どうでもいいように千佳子が続け、あほらし、と付け足す。

「いいね！　そうしようよ、あかねちゃん」

森村が目をらんらんと輝かせて、あかねを見つめる。あかねはおどけて首を振ったが、心の内では今晩でもいいんだけどね、と思っていた。でもいくらなんでも性急すぎる。安い女だと思われたくないし、ここはちょっと間を置くことにしよう。森村を軽くかわしながら、あかねはそんな算段をしていた。

その後、まだ時間が早かったこともあり、全員が二次会へと流れた。酔いも手伝ってか、男女ともそれぞれに親密度が増していた。ここでも森村は、元クラスメイトからのひやかしや弘美からのちょっかいにめげず、あかねからいっときも離れなかったので、あかねは他の同級生たちとろくに話せなかった。

三次会で、ほとんどの女性たちは解散となった。弘美だけは「たまの上京なんだから最後まで付き合うわよ」と、はりきってついていった。

森村は男性陣に腕をとられる形で仕方なく三次会へ向かったが、最後までしつこくあかねにまとわりついていて、それに関してはもうみんなからスルーされていた。

「あかねちゃん、絶対連絡するからね！」

連絡先は二次会ですでに交換してあった。大きく手を振る森村に、あかねも小さく手を振って帰路についた。

「朝斗《あさと》。お弁当ここに置いたからね。今日は会議だから先に出るわ」

テレビを見ながら卵かけご飯を食べている息子の朝斗に声をかけて、あかねはバッグの中身を確認する。書類は持った。スマホ、財布、漢方薬。バッグを替えたときは注意が必要だ。

あかねはアパレルメーカーに勤めている。大学を卒業後に就職し、その後結婚、出産を経てもずっと継続して同じ会社だ。今は、販売計画部という部署に所属している。今年度から副部長となり、部下も増えた。部下に対して親身にはなるが深入りしないので、信頼は厚いのではないかと、あかね自身感じている。

「今日はパパのほうが、帰りが早いと思うから」

　輸入食品会社に勤めている夫は、昨日から札幌へ出張で、帰宅は今日の夕方の予定だ。

「はいよ」

　と、朝斗が手をひらひらと振る。

「行ってくるね」

「行ってらっしゃい」

　のんびりとした朝斗の声。一人息子の朝斗について、あかねはなんの心配もしていない。保育園のときにがんばって、小中高一貫の国立を受験させて本当によかったと思っている。熱心に指導してくれるので塾に通わなくても済むし、自分で勉強する癖もついているようだった。習い事も小学生のときにスイミングに通っていただけだったので、親としてはまったく手間いらずだ。中学になってはじめた部活動のテニスもたのしそうだ。

　腕時計に目をやって、エレベーターの到着を待つ。あかねが住んでいるのは七階だ。各フロアに六戸《こ》ずつのゆとりある設計のマンション。

エレベーターに乗り、階数の表示を見るともなく見ていると、五階で停まった。男性が一人乗り込んできて、軽く会釈《えしゃく》をする。

何度か見かけたことがある人だった。ファミリー向けのマンションなので一人暮らしではないと思うが、この人の目付きはいつも気持ち悪かった。強い視線を感じてふいに目をやるとすぐにそらすくせに、目が合っていないときは、見ないと損だとばかりにじっとりと見つめてくるのだ。いい歳をしてなにを勘違いしているのかと思われそうだが、実際にそうなのだから仕方ない。今も、エレベーターの階数ボタンのステンレスに、あかねの後ろ姿を見つめている男の姿がぼんやりと映っていた。

一階に着き、あかねはさっさとエレベーターを降り、バッグの中身を確認するふうを装《よそお》って立ち止まり、男を先に行かせた。男の姿が見えなくなってから、詰めていた息をふうっと吐き出す。

男性が性的視線で女性を見る気持ちはわからなくもないが、今の男のように上から目線で、当然の権利だと言わんばかりに、欲望を無遠慮にぎらつかせている男には、うんざりを通り越して怒りを覚える。こちらに程よい優越感を与えてくれる奥ゆかしい視線なら歓迎だが、厚かましさをフルスロットルで前面に押し出して来る男には閉口《へいこう》する。性への関心を放棄するのは情けないが、男も女も節度を持って性的欲望を内包《ないほう》してほしいと、あかねは思う。

あかねはいつも身ぎれいでいたいと思っている。いくつになっても現役感を出していたいと思っている。いつまでも誰かにとっての性的対象でありたいとひそかに思っている。

以前、千佳子にそんな胸の内を話したら、千佳子はあからさまに顔をしかめて、信じられない！　と大きな声を出し、男の自慰行為のネタになりたいってこと⁉と声を張り上げた。まわりの視線を感じて、あかねは慌てて人差し指を唇に当ててシーッとやった。

「あんた、それじゃ、男の思うつぼじゃない！　女の武器はそんなんじゃないわよ！　はっきり言ってがっかりだわ！　あんたみたいな女がいるから、男がつけあがるのよ！　だからいつまで経《た》っても日本は男社会なのよ！」

そう言ってテーブルを叩き、気持ち悪いっ！　と吐き捨て、さらに延々とあかねを非難したのだった。結局、千佳子とのその話は平行線のまま終わった。あかねはそのとき、うまく説明できなかったのだが、決して千佳子の言うような、保守的で男性優位的な関係を求めているわけではないのだ。

あかねが性的対象でいたいというのは、すべて自分自身のためであって、決して男の欲望を助長するものではない。ましてや千佳子が怒りまくって言い募《つの》った、レイプに寛容、などということは断じてありえない。レイプほどこの世で最も卑劣《ひれつ》で許しがたい大罪はないと、あかねはつねづね思っている。

そんな千佳子は、いまだ理想の男性を追い求めている最中だ。愛情を持って、互いを尊敬し合える相手が現れるのを待っている。とは言っても、やはり顔のタイプや服装の好みがあり、千佳子のことを気に入ってくれる異性がいても、「あの人とセックスする自分が考えられない」などと言って断ってしまうのだ。

千佳子はいつもお気に入りのブランド服を着ているし、下着だってフランス製の上等なものを身に着けている。美容院には三週間に一度通い、カラーリングとトリートメントは欠かさない。

千佳子だって同じじゃないかと、あかねは思う。あかねが言いたいのは、まさにそういうことなのだ。千佳子だって、身ぎれいにしているのは男のためではないだろう。自分自身のためにきれいでいたいから、お金と時間をかけるのだ。そこに性的なスパイスを付加したって、ちっともかまわないとあかねは思う。

本当に、あっという間の四十八歳だった。精神年齢は実年齢よりもはるかに幼稚だと、あかねは自らのことを思う。けれど外側はやっぱり五十路《いそじ》間際なのだ。笑えば目尻に数羽のカラスの足跡が出現し、刻印のようにくっきり現れたほうれい線は消えることなく、首のたるみやマリオネットラインも気になる年頃だ。胸元の肉は落ち、尻の弾力はもはや皆無《かいむ》だ。

無防備のままの無頓着《むとんちゃく》でいたら、おそろしい勢いで至るところにガタがくる。美魔女でいたいわけではない。エステやプチ整形の趣味はない。ただ、自分を律していたいとあかねは思うのだ。

普段から楽な下着は着用せず、背中が丸くならないようにブラでホールドして姿勢をよくしようと心がけているし、ふくらはぎに緊張感を持たせるために少しでもヒールのある靴を履くように心がけている。寝間着もTシャツやスウェットは着用せず、きちんとパジャマを着て就寝している。顔のたるみやほうれい線は仕方ないとしても、マッサージやシートパックなら簡単にできる。一日たった五分でも、やるのとやらないのでは十年後に歴然とした差が出るはずなのだ。

あかねはそういう手間を惜しみたくないのだった。手間を惜しめば、見た目に即座に現れる。すべては意識の問題なのだと、あかねは思っている。そこに他者視線をプラスすれば、もっと意欲的にがんばれるというものだ。


会議での発表も万事うまくいった。社内の休憩所の自販機でコーヒーを買い、あかねがほっとひと息ついていると、LINE《ライン》が入ってきた。見れば森村からだった。同窓会からちょうど一週間。同窓会の翌々日頃までは、森村からの連絡がないことに、あせりと失望を感じていたけれど、三日後には、よくあることだという結論とともに、きっぱりと忘れることにしたのだった。だから今頃になってからの森村のＬＩＮＥにはさほどの喜びはなかったが、それでも心は躍った。

――お疲れ様。

と、それだけ書いてある。既読にしてしまったので、あかねのほうからも、

――お疲れ様。

と返した。すぐに森村も既読となり、次のＬＩＮＥが入ってきた。

――よかったあ！　返事くれないかと思っちゃったよ。

――そんなわけないでしょ。

――あー、一週間長かったあ！　すぐに連絡したかったんだけど、キモがられるかと思って我慢してたんだ。おれって偉い！

――あはは。なにそれ。

実際に笑って、そう書いた。一週間前の同窓会での森村の顔を思い出し、この軽さは素《す》なのか、それとも計算なのかとおかしくなった。

――仕事中にごめんね。あかねちゃんのことが頭から離れなくてさー。

土下座しているスタンプとともに、そんな内容を送ってくる。そろそろ職場に戻らなくてはならない。森村が好きそうなスタンプをさがしていると、

――会いたいよ。

と、届いた。思いがけなく、心臓がどきんとする。

――あかねちゃんに会いたい。

――会いたい。

――早く会いたい。

森村からの連投ＬＩＮＥに、あかねの喉の奥から、ひうっと音が出た。鼓動《こどう》が速くなる。ときめきが一気に押し寄せてきて、あかねは思わず胸を押さえた。

――わたしも森村くんに会いたい。

かすかに震える指先で、あかねはそう返信した。

夫以外の人と関係を持つことに、あかねはさほどの良心の呵責《かしゃく》は持ってはいなかった。というのも、夫が以前浮気をしたことがあるからだった。あかねにバレたのは一回だけだったが、実際はもっとあったと確信している。

夫の浮気が発覚したのは、朝斗が年長のときだった。朝斗の小学校受験を控えていたときで、あかねの仕事も多忙を極めている時期だった。そんなときに夫は、のほほんと浮気をしていたのだ。相手の女が家に電話をかけてきて、あかねの知るところとなった。

当時は、まさか夫が浮気をするとは思っていなかったので、相当なショックを受け、離婚すべきか本気で悩んだが、夫は平謝りに謝り、「離婚だけはしたくない。朝斗はかわいいし、あかねのことだけを本気で愛している」と、最後には土下座までしたので考え直した。許したわけではなかった。忘れたふりをすることにしたのだ。

そのときあかねは、過去にも思い当たるふしがいくつかあったことを思い出した。普段の様子とあきらかに違ったのでピンときた。携帯電話を肌身離さず、うきうきと顔色がよくなり、饒舌《じょうぜつ》になるのですぐにわかる。そういえばあのときもあのときもと思い出し、腸《はらわた》が煮えくり返るような気持ちだった。

あかねは心のなかでいろいろな葛藤《かっとう》をしているうちに、いつしかそれは自分への寛容へとシフトしていった。自分だって浮気をしてもいいのではないか、と思い至ったのだった。最初は仕返しという趣《おもむき》が大きかったが、今ではただ純粋にときめきが欲しかった。

あかねに浮気がバレたとき、夫はもう二度としないと誓ったが、去年、繭子《まゆこ》先生のイメージコンサルティングを受け、持っているスーツを一掃《いっそう》して新しいものに変えたところ、すぐさま挙動《きょどう》がおかしくなった。

年齢を重ねて落ち着くかと思っていたが、そんなことはなかった。いつのまにか下着まですべて変え、ジムに行って身体を鍛えはじめ、風呂場でもスマホを手放さないという徹底ぶりに、あかねは滑稽《こっけい》を通り越して、気の毒に感じたほどだ。

藺子先生というのは、イメージコンサルタントだ。その人に似合う色や服、髪型やメイクなどのアドバイスをくれ、提案してくれる。名刺には、「第一印象向上推進会」という、堅苦しい肩書きが書いてある。

確かに、髪型を変え、着るもののセンスがよくなり、姿勢や歩き方も意識して気を付けるようになった夫は、誰が見ても以前より男ぶりがあがった。自分に自信がつくと、とりあえず浮気に走るのだなあと、あかねは浮かれている夫を見ながら冷静に思ったのだった。

そして、異性への思いが、仕事や生活への活力になるならば、それもいいのではないかと考えた。夫が浮かれていると、家庭内も安泰となる。家事は率先してやってくれるし、あかねや朝斗にもそれまで以上にやさしくなり、休みになれば車を走らせて遊びに連れて行ってくれる。

それはあかねにしたって同様だった。申し訳ない気持ちを払拭《ふっしょく》するために、いつも以上に夫にやさしくできたし、家事にも仕事にも力が入った。恋の力はみんなを幸せにする。目くじらを立てることではないのだ。家庭を壊すほど、のめり込まなければいいだけだ。いい効果はたくさんある。

森村からLINEがあったその日のうちに、あかねは森村と会い、自然の流れでベッドを共にしていた。可もなく不可もない、ごくごく正しい性行為だった。

千佳子に森村とのその後を聞かれたので正直に答えると、そんな返事が戻ってきた。

「簡単な女ねえ」

「簡単よ」

と、あかねは答えた。セックスは歳をとるごとに物理的なものになっていき、身体を動かす行為そのものとなってゆく。行為中の刺激や感動は薄れるが、いざいつもの日常に戻るとそれらは脳内で昇華《しょうか》されて妄想の起爆剤となり、次回のセックスをたのしみにさせるものとなるのだ。そうやって、つかの間のときめきをたのしむ。

「わたしのまわりでも、晴れ晴れと睦《むつ》み合っているのは中年の既婚者ばっかり。一体どういう世の中なのよ、ったく」

千佳子は日本酒をあおっている。

あかねはふと、日本の不倫人口はどれくらいいるのだろうと思う。自ら言わないだけで相当数いるはずだ。ラブホテルは年配者であふれている。

「ねえ、そこに恋愛感情は存在してるわけ？」

千佳子に質問されて、あかねはしばし答えに迷った。森村とは同窓会後、まだ一度しか会っていない。もちろん森村から連絡が来ればうれしいし、会う前は多少なりともドキドキしたけれど、まだ恋愛ではないとあかねは思う。

「好意は抱いてる」

そう答えた。

「恋愛になるかどうかはこれからだと思うわ」

あかねが言うと、

「先にセックスありきってわけか……」

と、千佳子はうんざりしたような顔で頭を振り、旦那とはどうなのよ？　と聞いてきた。

「べつにふつうよ」

「やってるわけ？」

「レスではないかな」

「どのくらいの頻度で？」

「週一くらい」

「週一いいぃぃいぃ⁉」

　千佳子が頓狂《とんきょう》な声を出す。

「この歳でそんなにやってんの、日本であんたたちぐらいよ」

「そう？」

「そうよ！　わたしなんて更年期でそれどころじゃないわよ。やだ、大きな声出したら汗が噴き出てきたわ」

　タオルハンカチを取り出して、千佳子が首回りをぐるりと拭う。あかねもいよいよ更年期に入ってきて処方された漢方薬を飲んでいるが、今のところ特に困るような症状は出ていない。貪欲《どんよく》に、果敢《かかん》に挑んでいるのがいいのかもしれない、などと思う。

　森村と、次の約束は取り付けてある。妄想は現実よりはるかにたのしく、会うことを想像すると、下腹部がきゅうっとうずくのだった。


「そろそろ秋物をそろえたいから、繭子先生に連絡してくれないかな。去年のは腹回りがちょっときつくてさ」

　風呂上がり、首にかけたタオルで髪を拭きながら、パジャマ姿の夫が言った。確かに最近、ちょっと太ってきたように思う。去年の夫の浮気は三ヶ月ほどで終わったと、あかねは踏んでいる。

「ジムにはもう行ってないの？」

あかねがたずねると、口をへの字にして夫がうなずいた。

「プールでも行ったら？」

「うーん、なんだか面倒でさ」

そう言って、冷蔵庫から缶ビールとチーカマを取り出して、ソファーに座る。

「お風呂上がりのビールとつまみをやめたらいいのに」

「少ないたのしみを奪わないでちょうだいよ」

夫がそんなふうに言って、ビールに口をつける。

「おっ、ヒット！」

テレビでは野球中継が映っている。夫が贔屓《ひいき》にしているチームが先制点をあげたらしい。

「繭子先生に連絡しとくわ。いつがいい？」

夫の予定を聞いて繭子にＬＩＮＥを入れると、すぐに既読がつき、そののち返信が届いた。

「繭子先生、その日で大丈夫だって」

薄くなった夫の頭頂部を見おろしながらあかねが言うと、「あ、そう？　よかった」と、テレビに目をやったまま答えた。

「わたしは行かなくてもいいでしょ」

「ああ、いいよ。おれ一人で」

　これまで、夫は繭子に買い物コンサルティングを三回ほど依頼していた。最初の二回はあかねも一緒に付き合ったが、前回からは夫一人で行っている。

　当初は不審がっていた夫だったけれど、カラーコンサルティングを受け、いざ選んでもらった服や靴を身に着けると、人間関係がよくなり仕事もうまく運ぶようになり、すっかり繭子の信奉者になった。なにより、女性受けがよくなったことが大きいのだろう。そしてその後、甘い蜜にありつけたのも繭子のおかげだろう。

　アパレル業界に身を置いているあかねは、もちろんカラーコンサルティングのことは知っていたが、着る服の色が限定されてしまうことを懸念《けねん》して診断を避けていた。しかし四十代も半ばになると、半月前まではふつうに着られた洋服が、少しの身体や体調の変化で、どうにもちぐはぐな印象に映ることが多くなった。そう感じると、もうその服を着る気は失《う》せてしまうのだった。少しの顔色の変化や目の下のクマの濃淡で、昨日まで使っていた口紅さえも翌日は似合わないという事態まで発生する。

　そんな折り、千佳子に繭子を紹介された。千佳子は学生時代から個性的なおしゃれさんで通っていたが、歳を重ねるにつれいろいろと思うところが出てきたようで、思い切ってイメージコンサルティングを受けたということだった。赤と黒が主体だった千佳子の服はやさしい色味に変わり、肩や襟《えり》まわりのデザインに重きを置いていたものを、袖口や裾《すそ》にボリューム感を出し視線を移したことで、印象はぐっとよくなった。千佳子の変化を見て、納得がいったあかねは、コンサルティングを受けることにしたのだった。

藺子は、ものごとを承知している女性だった。元CAということで、スタイルがよく顔も美しかったが、あかねはなによりも藺子の「承知している」部分に好感が持てた。

あかねが思うところの、ものごとを承知しているというのは、人に対する丁寧さと勘のよさである。仕事だから当然といえば当然なのだが、昨今は丁寧さが欠けている人が多いとあかねは感じていた。その点藺子はとても真摯《しんし》で、お客さんの第一印象向上にひたむきに心を砕いていた。勘違いしているイメージコンサルタントを何人か知っていたあかねにとって、藺子はようやく出会えた職人気質《かたぎ》のコンサルタントだった。

藺子の勘のよさも頼もしかった。会って挨拶をした瞬間に、あかねが求めていることを瞬時に読み取ってくれた。あかねは事務的にコンサルティングを進めたかった。そこに藺子との人付き合い的なものを持ち込みたくなかった。あくまでもコンサルタントと客として、関係を築きたかった。

一方の千佳子は、繭子ととても親しい間柄に見えた。最初のカラーコンサルティングの際、千佳子も一緒に付き合ってくれたが、千佳子と繭子は仲の良い女友達のようだった。それはそれで微笑《ほほえ》ましい光景だったが、あかねには不要だった。

千佳子の紹介で訪れたので、ふつうだったら千佳子の友人であるあかねに対しても同じような態度で接しがちだと思うが、繭子はあかねの望む関係をすぐさま感じ取ってくれ、コンサルタントと客という関係を最後まで崩さなかった。

千佳子に対する話し方と、あかねに対するそれはかなり違ったが、まるで気にならなかった。こういう場合、たいていどちらかがつまらない気分になりがちだが、まったくそんなことはなかった。繭子は信用できる人だとあかねは感じた。ＣＡ時代は、さぞかし仕事ができただろうと思った。

あかねは一度カラーコンサルティングを受けただけで、その後の買い物コンサルティングなどは一切していなかったが、自分に合う色を知ったことでおのずと似合うデザイン性も見えてきて、ワードローブはかなり変わった。

高価だから、流行りだから、といって身に着けても、自分が納得できなければ、その日の気分は最悪で仕事にも支障が出るのだった。あかねは、似合わない服を思い切って処分した。服で悩まなくて済むようになり、時間短縮にもつながった。忙しい朝にはなによりだった。

森村と待ち合わせをした駅前で、あかねは時計を見た。十分の遅刻だ。辺りを見回す。まだ来ていないらしい。

「あかねちゃん、ごめんっ！」

降って湧いたように目の前に現れた森村に、あかねはひどく驚いて思わず後ずさった。まったく気が付かなかった。

「……あれ？　どこにいたの？」

「今向こうから走ってきたんだ。手を振ったけど気付かなかったみたいね」

森村は、はあはあと息を切らせている。

「ごめんね、遅くなっちゃって。連絡しようと思ったけど、連絡する時間がもったいなくてさ」

今日は、森村の仕事関係の講習会があるということで、その最寄駅でもあるここで待ち合わせをしたのだった。

「今日はスーツじゃないのね……。わからなかったわ」

あかねはつぶやくように言った。

「うん、今日は会社に寄らなくてよかったからね」

森村は汗を拭いながら、にこにこと笑っている。そんな森村を見て、あかねは今すぐにでも帰りたくなった。スマホを取り出して、緊急の連絡が入ったというようなふりをしてみようか。それとも急に体調が悪くなったとか……。

「まずは腹ごしらえしようよ。なにが食べたい？　おれは中華がいいかなあ。あ、でもあかねちゃんが食べたいものでいいよ」

森村はあかねの逡巡《しゅんじゅん》に、まるで気付かない様子だ。

「おれさ、ほんと、まじであかねちゃんに会いたくて死にそうだったよ。だから、今めっちゃうれしいの！」

森村がスキップするように歩き出す。あかねはその少し後ろを無言でついていった。

「ん？　どうかした？」

森村が振り返ってあかねを見て、それから、はは－ん、と口にし、指でＯＫマークを作った。知り合いに見られたら大変だから距離を置いて歩きたい、とあかねが考えているのだと思ったらしかった。

違う。そうじゃないのだ。並んで歩きたくないのは、森村の格好があまりにもダサかったからだ。一体どうしたというのだろう。スーツ姿はとびきりかっこいいのに、なんだろうか、この私服は！　ありえない！　あかねは叫び出しそうになる気持ちを抑えて、先を歩く森村の後ろ姿を眺めた。

森村は、薄水色の長袖ポロシャツにこげ茶色のスラックスを穿いていた。足元は、茶色のトレッキングシューズだ。なぜトレッキングシューズなのかはわからなかったが、それ自体はかわいかった。けれど、今日の服装にはまったく合っていない。小脇に抱えているオレンジ系の革のセカンドバッグも上品質だったが、当然ながらコーディネイトにはまるで合っていなかった。

これでは、同窓会での男たちと同じではないか。あの日、森村が私服で来たら、きっとこうして会うことはなかっただろうとあかねは思った。

「ここ。このお店、担担麺《たんたんめん》が究極においしいんだよ」

脇道にある小さな中華料理のお店の前で、森村が言った。観念してあかねは店に入った。

料理はどれもおいしかったけれど、目の前にいる森村の薄水色の長袖ポロシャツがどうにも気になって、ほとんど食べた気がしなかった。

森村の奥さんは気にならないのだろうか。と、そこまで考えて、あかねは森村の奥さんに関することをシャットダウンした。家庭を壊す気などさらさらないが、森村の家庭のことを知っても、おもしろいことなどなにひとつないのだ。

同じ女性として、妻として、多少なりとも思うところはないのだろうか。

森村もそのへんはきちんと承知しているらしく、互いの家庭について話題にのぼることはない。

「まだ時間大丈夫でしょ」

ナプキンで唇を拭いながら、森村がにっこりと笑う。もちろんあかねもそのつもりで来たが、すっかり気分は萎《な》えていた。

「実は予約してあるんだ。って言ってもラブホだけどねー。けっこうな人気ホテルなんだよね」

子どものような笑顔で森村が言う。

迷ったときは進むべき、そんな言葉があかねの頭をよぎる。仕事や子育てがきついとき、あかねはそうつぶやいて前に進んできた。

「そろそろ時間だから行こうよ。ねっ、あかねちゃん」

「う、うん」

森村がレジで会計を済ませている。あかねは大きくため息をついた。

服を脱いだ森村は、かっこよかった。余計な贅肉はついておらず腹筋も割れている。くたびれたボクサーパンツが気になったが、そもそもの面積が少ないので私服ほどのダメージはなかった。前回ははじめてということで緊張していたのか、森村の下着までは目に入らなかった。

　あかねと森村はごくふつうに睦み合った。テーブルの上に置いてある、森村が脱いだ服は見ないように気を付けた。

　事が終わり、あかねと森村はバスローブを着け、インスタントのコーヒーを飲んだ。親しくなったばかりの身体だったので話ははずんだ。

「あのね、森村くん」

「うん?」

「森村くんて、私服がイマイチだと思うわ」

　思い切って、あかねはそう切り出した。親密になった今しか言えないと思ったし、私服を変えてくれない限り、次回会う決心はつかなかった。

「え?　そう?」

「スーツ姿はかっこいいんだけど」

「そう?　おれ、服とかよくわかんないんだよね。興味ないから、気にしたことなかったなあ」

　本当になにも気に留めていないふうに森村が言う。

「私服も大事だと思うわ。森村くん、元がかっこいいんだから着るものを変えれば、もっとうんとかっこよくなるわよ」

森村は、そうかなあ、と眉尻《まゆじり》を下げた。

「でも、どういうのを買えばいいのかわかんないんだよね。あっ！　じゃあさ、今度あかねちゃんが選んでよ。一緒に買い物に行こう」

あかねは、いい流れだとばかりに、イメージコンサルティングの説明をし、繭子についで話し、自分もやってもらってとてもよかったと伝えた。

「へえ、おもしろそうだね。ぜひ行ってみたい！」

森村はノリノリでそう言った。森村の単純さが好ましい。

すっかり服を身に着けた森村はやはりダサかったが、今日のところは我慢して笑顔で別れた。


カラーコンサルティングに、夫ではない男を連れて来たあかねを見ても、繭子は顔色ひとつ変えなかった。もちろん、ただならぬ関係ということはわかっただろう。昨日は、夫の買い物コンサルティングだった。スーツは仕立てものだったのでまだ手元にはないが、センスのいい私服をいくつか家に持ち帰ってきたばかりだ。

「あかねちゃんとは高校時代の同級生なんですよ。こないだ同窓会で三十年ぶりに再会したんです」

聞かれてもいないのに、そんな自己紹介をする森村に思わず舌打ちしたくなったが、繭子は、そうですか、とうなずいただけだった。森村を繭子のところに連れて行くことについて、あかねは千佳子に話すつもりはなかった。繭子はもちろん他言《たごん》しないだろう。

森村の今日の私服は、ネルシャツにジーンズで組み合わせはよかったが、ネルシャツが淡いパープルとライトグリーンのチェック模様で、その色味は森村に似合っていなかった。ジーンズはウォッシュ加工されているものだったが色落ちしすぎていて、みすぼらしく見えた。

「森村さん、服装を変えると、芸能人みたいに素敵になりますよ」

繭子に言われ、森村は頭をかいて「いやあ」と笑った。

「劇的に変わるはずです。きっと今以上におモテになることでしょう」

「いやいや、あかねちゃん以外にモテても困っちゃうなあ」

照れたように言う森村に、あかねは今度こそ舌打ちしたくなった。

森村のカラー診断はオータムだった。繭子が、オータムの有名男性芸能人の名前をあげていくと、森村は「へえ!」と、そのつどうれしそうな声をあげた。

素直で直截的《ちょくせつてき》な森村はすぐにでもオータム系の服が欲しいようで、繭子に買い物コンサルを打診すると、今日は夕方まで空《あ》いているというので、そのまま行くことになった。

「普段は事前にショップに出向いて、お客様に合ったものをいくつかピックアップしておくのですが、今日はその場で選ぶことになります。少しお時間を頂いてしまうことになりますが、よろしいでしょうか」

藺子に言われ、もちろん、いいですよ！　と、森村はうなずき、

「ねっ、あかねちゃん」

と、付け足した。あかねは無言でうなずいた。

顔見知りの店らしく、藺子は次から次へと服を選んできては、試着室にいる森村に渡していった。女二人にためつすがめつ眺められ、最初のうちは照れていた森村だったが、似合う、かっこいい、とてもいい、とほめ言葉を次々と浴びせられていくうちに、徐々に堂々とした態度で鏡の前に立つようになった。

「月9主演も大いにあり得るかっこよさです！」

「道行くみんなが振り返りますよ！」

「どこぞの芸能人かと思っちゃいますよ！」

藺子がおおいにほめちぎるので、あかねも思わず、

「惚れ直しちゃうわねえ」

などと口を滑らせてしまったが、藺子が、ほんとそうですよ！　と、なんの含みもない笑顔で追従《ついしょう》してくれたので、なんだかうれしかった。好きな男子を応援す

る女子中学生のごとく、繭子と二人で森村を盛り上げ、いつしか森村は鏡の前でポーズをつけるまでとなった。

それはあかねの夫も同じだった。はじめて夫の買い物コンサルに付き合ったとき、最初はもじもじと照れていた夫だったが、何度も着替え、そのつどほめられていくうちに顔つきが違ってきて、最後には胸を張って鏡の前に立っていた。外見に自信がつくと自然と内面からの力もみなぎってくるのだと、夫を目《ま》の当たりにしたあかねは思ったのだった。

森村は、繭子が選んでくれた服のほとんどを購入した。森村は高校生の子どもがいるらしかったが、自由に自分の服にお金を使える経済状況ではあるらしい。

「なんか、持ってる服、全部変えたくなっちゃったなあ」

買い物を終えた森村が言った。森村のつぶやきに繭子が反応して、ワードローブコンサルティングを勧めるかと思ったが、繭子はそれについては言及しなかった。

ワードローブコンサルティングというのは、お客さんの自宅に行って、ワードローブを整理するというものだ。繭子が、似合うものと似合わないものを仕分けていくらしい。あかねとあかねの夫はワードローブコンサルを受けたことがなかったが、千佳子はやってもらったことがあると言っていた。

クローゼットがすっきりしたと喜んでいたが、なによりも、合わない服を処分したことで、最低限のラインが引き上げられ、どんな場面でも自信が持てるようになったと言っていた。ちょっとそこのスーパーに行くときの安価な普段着でさえ、誰に見られてもはずかしくないということだった。提案してくれた上下の組み合わせも画像に残したので、忙しいときはスマホを見るだけでいいらしい。

今ここで、繭子がワードローブコンサルティングのことを説明すれば、調子のいい森村は二つ返事で依頼するだろう。そして自宅に現れた繭子を、森村の妻は怪訝《けげん》に思うだろう。そのあとは、きっと芋づる式に浮気がばれていくだろうと予想できた。あかねは、ここでもやはり、ものごとを承知している繭子に感謝したのだった。

結局森村は、着てきた服を持ち帰り、今日購入した服を着て帰ることになった。あかねの口添えもあったが、森村自身もそうしたいらしかった。

「では、わたしはここで。どうもありがとうございました」

そう言って帰ろうとする繭子を、あかねは呼び止めた。

「やはり、例の件はお引き受け願えないでしょうか」

あかねの言葉に、繭子は「申し訳ありません」と頭を下げ、帰って行った。

「なに？　仕事の話？」

森村がたずねる。

「うん、まあね」

あやふやに返事をすると、森村はひとつうなずいただけでそれ以上追及しなかった。互いの仕事についても、暗黙の了解で話題にのぼることはない。会うときは、非日常感をたのしみたいのはお互い様だ。

あかねの勤めているアパレル会社はいくつかのブランドを持っているが、あかねは繭子にぜひとも専属のイメージコンサルタントとして、店頭販売員への指導をお願いしたいと考えていた。すでに繭子は企業から個人的に依頼を受け、講習会なども催《もよお》しているらしかったが、専属という形では引き受けていない。

「専属の契約となると、必然的に特定のブランドをお客様に勧めることになるので、お断りしているんです。いろいろな面で、そのブランドが合わないお客様もいらっしゃいますので」

以前打診したときにそのように言われた。矛盾しているかもしれないが、繭子がそう言って断ってくれたことにより、さらに繭子への信頼は厚くなった。なんとしても、引き受けてもらいたいと思えた。いつか、気が変わることもあるかもしれない。そのタイミングを逃したくなく、あかねはこうして声をかけ続けているのだった。

「お腹空《す》いちゃったわね。お疲れ様でした」

時間がなかったので昼食を抜いたままだった。

「焼肉食いたいな。焼肉行こう」

さっそうと歩く森村は、見違えるように素敵だった。ゲンキンなもので、見栄《みば》えがよくなった森村と並んで歩くのはとても気分がよかった。

美味しい肉を食べながら、あかねはさまざまな話題について饒舌に話した。目の保養となる森村が目の前にいるだけで、話題は次から次へと湧いて出た。一見、軽薄そうに見える森村だが、じっくり話をしてみると意外にもいろんなことを知っていたし、それについて深く考えを巡らしていることもわかった。あかねはそんな森村に新しい感銘《かんめい》を受けた。

その日のセックスは、これまでにない出来だった。あかねの機嫌のよさに、森村も敏感に反応してくれ、息もぴったりと合っていた。簡単なときめきだけでない、ちゃんとした恋愛に発展しそうな予感があった。

「今日はなんだか機嫌がいいね」

夕食後、夫に言われた。

「コーヒーを淹れただけでそんなふうに言われるなんて、かえって嫌味に聞こえるわ」

あかねはにこやかにそう答える。

「いやいや、この頃なんとなく笑顔が多いなあって思ってさ」

「そう？」

夫はなにか言いたそうな顔をしたが、軽くうなずいただけだった。おそらく、「恋でもしてるの？」「浮気でもしてるんじゃない？」などという言葉を飲み込んだのだと、あかねは推測した。けれど、そう口に出してしまえば、自分の過去の浮気を蒸し返すことになると思って黙ったのだろう。

「うん、まあ、いいことだな……」

夫はそんなふうにつぶやき、正月休みはどこかに行こう、と言った。

「あら、めずらしい」

「この冬はさほど忙しくないからね」

「ふうん」

「なんだよ、なにか言いたそうだな。ま、いいよ。朝斗も行けるよな」

「うん、冬休みはテニス部の練習ぐらいだと思うわ」

「じゃあ、どこかさがしておくよ。九州のほうはどうかな」

「いいわね。お任せします」

夫は、うんとうなずいて、ソーサーに添えたクッキーをかじった。

今のところ、夫のほうに色気づいた話はないようだと、あかねは判断した。自分のことは棚に上げて、そろそろ落ち着いてほしいものだと、肉付きがよくなって輪《りん》郭《かく》が丸くなった夫を見ながら思った。

森村との関係は良好だった。回数を重ねていくうちに、良好を通り越して、あかねはすっかり森村にまいっていた。軽そうに見えて頭がいいところも、絶対に人の悪口を言わないところも、いつもあかねのことを好きだと言ってくれるところも、かたい腹筋も、手の甲に浮き出た骨の形も、引き締まった尻も、甘いマスクも、正しいセックスのなかのちょっとした冒険も、もうぜんぶがぜんぶ大好きだった。

「おれ、毎日あかねちゃんに会いたい。こんな好きになるなんて思ってもみなかった」

「思ってなかったの？」

「いや、思ってた。最初からわかってた。三十年前からわかってた！」

そんな歯の浮くようなセリフを惜しげもなく言ってくれる素直さは、森村の最大の長所だとあかねは思う。

「わたしも大好き」

あかねはたまにそんなふうに言ってみる。すると、森村は一瞬ハッとしたような表情になり、その後苦しそうに顔を歪《ゆが》め、ときに涙ぐむのだった。

森村とは週に一度のペースで会っていた。それ以上の時間を捻出《ねんしゅつ》するのはむずかしかったし、ルールを決めて自分を律しておかないと、もろもろと土台が崩れていくのは、これまでの経験上わかっていた。

あかねは結婚後、二度ほど不埒《ふらち》な経験を持ったことがあった。安易なときめきに憧れただけの恋愛未満の付き合いだった。現実より妄想のほうがたのしいまま二度とも終わったが、それらはあかねになんのダメージも残さなかった。俗に言う浮気というのは、思った以上に簡単なことだと感じただけだった。

けれど今回の森村との関係は、これまでとは違う。あかねは完全に、恋に落ちているのだった。

「わたしが森村くんを好きなのと、森村くんがわたしを好きなのと、どっちが大きいかしら」

ままごとのような言葉まですらすらと出てきて、あかねはそんな自分にびっくりしてしまう。

「おれのほうが一億倍好きに決まってるじゃん！」

ムキになって答える森村を、心から愛しいと思える自分にさらにびっくりなのだった。

マンションのエレベーターの扉が閉まる直前に飛び込んできた男を見て、すっと体温が下がっていくのがわかった。こめかみ辺りが、ぞわぞわっとする。五階に住んでいる、例の気味の悪い男だ。

すでに部屋のある七階は押してあった。自分の住んでいる階を知られたくなかったが仕方ない。待っていたが、男は階数ボタンを押さなかった。そのうちに扉が閉まり、エレベーターは上昇していった。なぜ五階のボタンを押さないのだろう。何階ですか、と何度も聞こうと思ったが、ついぞ言葉は出てこなかった。

七階までの時間がおそろしく長く感じられた。七階になにか用事でもあるのだろうか。あかねは背後の気配に耐えられなくなって、思い切って身体の向きを変えた。男はびくっとし、慌てたように顔をそらした。

七階に着き、あかねは、扉が開くと同時に転がるように表に出た。

「あっ」

と、男がつぶやいたと同時に扉は閉まった。その後エレベーターは下がっていった。五階の表示で停まったのを見届けて、あかねはいそいで部屋に入った。

「どうしたの？」

帰ってきた母の様子がいつもと違うのを感じたのか、朝斗がテレビを見ながらたずねてくる。あかねは思わず朝斗にかけ寄った。

「なんだか変な人がいたのよ」

「え、誰？」

「このマンションの住人だと思うけど、今エレベーターが一緒になって……」

「あーっ！」

朝斗が声を出す。

「おれも会ったことある！」

「ええっ⁉　そうなの？　大丈夫だった？　なにかされなかった？」

朝斗はまだ中一だ。ひょろっと背は高いが華奢《きやしや》な身体つきで、顔もやさしく中性的な雰囲気がある。被害者が女の子ばかりとは限らない。

「されるわけないじゃん」

「その人がいたら、エレベーターには一緒に乗らないほうがいいかもしれないわ」

「なんで」

「だって怖いじゃない」

「はあ？　怖くないよ。監視カメラだってついてるし」

それはそうだけど、と言いながら、あかねは浄水器の水をごくごくと飲んで息を整えた。

「それにおれが見たのは、エントランスの外だもん。大丈夫だよ」

「でも一応気を付けておいてね。なにかあったらすぐに言いなさいよ」

「はいよ」

朝斗はそう返事をして、ソファーの上で寝転がったまま軽く手を上げた。

あかねは管理人に相談してみようかと思ったが、特になにをされたわけでもない。ただエレベーターが一緒になっただけだ。被害妄想だと言われればその通りだ。とりあえず、しばらくは騒がずに様子を見てみようと心に留めた。


「えっ⁉」

千佳子から届いたＬＩＮＥを読んで、あかねは無意識に声が出た。返事をする間が惜しく、いてもたってもいられなくなり、千佳子に電話をかけた。

「なに慌てて電話してきちゃってんのさ？」

すぐに電話に出た千佳子が、半笑いで言う。

「だって。びっくりしちゃって。本当なの？」

「本当なの？　ってなによ。あんただって森村と、そうなってるじゃない」

「……まあ、そうだけど」

千佳子からのＬＩＮＥには、涼子《りょうこ》が諸星《もろぼし》と結婚することになったと書いてあったのだ。同窓会で再会してから、まだわずか二ヶ月ちょっとだ。

「涼子も自分でびっくりしてたわよ」

千佳子と涼子は高校時代、部活動が同じだった。いや、部活でなく同好会だ。フランス映画同好会。フランス映画を観て感想を言い合うという集まりだった。

千佳子と涼子は同窓会で再会してから連絡を取り合うようになり、今回のことを聞いたそうだった。

「ねえ、高校時代、涼子と諸星くんって仲良かったっけ？」

あかねは諸星とはあまり話した記憶がなく、同窓会で会ったときも、ほとんど思い出せなかった。

「高校時代はぜーんぜんよ。同窓会のときにやけに気が合ったらしくって、連絡先を交換したんだって。前に涼子から、諸星と食事に行くことになったとは聞いていたけど、まさかこんなに進展してるとはね」

「あの二人、同窓会でしゃべってた？」

そんな素ぶりはまったくなかったような気がした。

「あんたは森村しか見てなかったから気付かなかっただけ。けっこういい雰囲気の人たちいたわよ」

「そうだったんだ。みんな意外とやるわね」

「そのセリフ、あんたにだけは言われたくないわよ」

ぴしゃりと千佳子に言われ、あかねは苦笑するしかなかった。

「涼子はバツイチだし、諸星は独身だし、なんの問題もないわ。でも、ほんと超スピード婚だよね。まあ、こういうのはタイミングだものね。若いときと違って勢いだけってわけじゃないだろうし。お似合いの二人だわよ。よかったじゃないの」

千佳子はそう言って、なんでわたしには縁がないのかねえ、と続けた。なにを言っても倍になって返ってきそうだったので、あかねは黙っていた。

「その後、森村とはどうよ」

おもしろくなさそうに千佳子が聞いてくる。あかねは自然とにやついてしまう顔をつねりながら、まあまあよ、と答えた。

「むかつく。うれしさが声からダダもれ！」

あはは、と笑ってごまかした。

「浮かれてるみたいだけど、そんなの絶対にうまくいくはずないんだからね。よーく注意して行動しなさい。気を付けなさいよ。わかった？」

千佳子の忠告に、あかねははいはい、と言って電話を切った。切ってから、

「涼子、諸星くん、おめでとう」

と声に出して言った。お幸せに、と心から願った。

涼子と諸星の結婚のことを森村に話すと、案の定、森村は大仰《おおぎょう》に驚いた。うそだろ？　すごいじゃん、めでたいなあ、とひとしきり騒いだあとで、

「いいよなあ。諸星の奴、うらやましいなあ」

と、しんみりとした口調で言った。

「なあに。涼子のことが気になってたわけ？」

森村に腕枕をされた格好で、あかねは少しむくれたふりをしてたずねた。

「なに言ってんのさ、あかねちゃんは！」

森村があかねをくるっと反転させて、ぎゅうっと抱きしめる。

「おれ、本当に本気であかねちゃんのことが好きなんだよ」

森村がいつになく真剣な口調で言う。森村の首元に唇を押し付けたまま、あかねは小さくうなずいた。

「おれがうらやましいって言ったのは、諸星が好きな人と一緒になれるってことだよ。同窓会で再会して付き合うようになって結婚するなんて、そんな素敵なことないじゃん」

「うん」

「おれもあかねちゃんと一緒になりたいよ。ずっと一緒にいたい」

「……うん」

「おれ、本気だからっ！」

森村があかねの上に覆いかぶさる。

「あかねちゃんはどう思ってるのさ」

真剣な目で聞いてくる。

「わたしも森村くんのことは好きよ」

「そういうことじゃなくて！」

森村は大きな声で言うと、そのまましずかにあかねの胸に顔をうずめ、結婚したいよ、とつぶやいた。もちろんあかねはうれしかったが、このまま雰囲気に流されてはいけないことは充分承知だった。

「……現実問題無理だよね」

と、あかねはしおらしく答えた。

「おれ、こんなに誰かを好きになったことなんて、これまでなかった。本当に好きなんだ、あかねちゃんのことが……うっ、うう」

驚いたことに、森村は泣いているのだった。あかねにしがみつきながら、しずかに涙を流しているのだった。

あかねは、男の人がこんなふうに泣くのをはじめて見た。森村の頬をつたう涙に、あかねはなんともいえない感銘を受けた。これまでいくつもの恋をしてきたけれど、森村のように真正面から真正直にぶつかってくる男はいなかった。あかねは純粋にうれしかった。喜びが心の底から泉のように湧き上がってきて、森村とずっと一緒にいたいと、心の片隅で本気で思った。

森村との熱い逢瀬《おうせ》を重ねているうちに、今年も終わろうとしていた。朝斗は冬休みとなり、テニス部の練習に明け暮れ、あかねも会社が正月休みに入る師走《しわす》はいつもよりも忙しかった。今年は比較的余裕があるという夫が、せっせと大掃除をしてくれ、おおいに助かった。

夫は気が多いところをのぞけば、とてもいい家庭人だ。家事も率先してやってくれるし、父親として朝斗への対応も文句なしだ。あかねの森村への恋情は揺るがないものになっていたが、それとはまったくべつのところで夫への愛情ももちろんある。

正月休みの旅行は大分となった。別府《べっぷ》と湯布院《ゆふいん》だ。あかねは温泉にさほど興味はなかったが、夫と朝斗が好きなのだった。朝斗は温泉好きが高じて、中学で温泉倶楽部という同好会まで作ったらしかった。冬休み前の三者面談のときに先生が教えてくれて、なにも知らなかったあかねはたいそう驚いた。高校生になったら、友達と秘境温泉発見の旅に出るんだ、とたのしそうに語ってくれた。

三十日にこちらを出て、正月は別府で迎える予定だ。計画を立てたのが遅かったので、宿が取れないかと心配していたが、夫がいろいろと手を尽くしてくれた。

詳しくは聞かなかったが、森村のところも正月休みは家族で出かけるらしかった。しばらく会えないのはさみしかったけれど、会えない時間が愛を育《はぐく》むのだ、とどこかで聞いた歌みたいなことを思い、あかねはおとなしく我慢した。

男湯と女湯に分かれるため、旅行中、あかねは必然的に一人になることが多かった。朝斗が小学三年生頃までは、宿の貸切風呂を利用して家族三人で入っていたなあと思うと、月日の流れをしみじみと感じるのだった。

何度も湯をもらいにいく男たちに少々呆《あき》れながらも、宿で一人ゆったりと過ごす時間は、あかねにとってすばらしく贅沢《ぜいたく》なものだった。持ってきた文庫本を読み、宿のマッサージを受け、い草の香りのする畳《たたみ》に大の字に横になる。日頃慌ただしく過ごしている分を取り戻すかのように、時間はゆるゆると流れていった。

森村と二人で旅行ができたらなあ、とあかねは旅先で何度も思った。さぞかしたのしいに違いない。街を散策して土産物屋さんをはしごして、部屋付きの露天風呂に二人で入る。美味しい日本酒を飲み、豪華な食事を頂き、一つの布団で朝まで一緒に過ごす。

——会いたい。

旅行中は連絡をしないと自ら決めていたが、あかねはいてもたってもいられずにＬＩＮＥを入れた。ほとばしる甘く切ない感情を持て余していた。

——おれも会いたいよ。あかねちゃんに会いたくて死にそうだよ。

ほどなくして、森村からも返事が届いた。あかねは、今すぐにでも飛行機に飛び乗って、森村の首根っこにしがみつきたい衝動に駆《か》られた。が、むろんそんな非現実的なことはできるわけがないのだった。

——お休みなのにＬＩＮＥしちゃってごめんね。

今、自分がどれほど森村に焦がれているかを書きつのりたかったが、分別ある大人として、あかねはそう書くにとどめた。

——謝る必要なんてない。おれも連絡したくて死にそうだった。今どこにいるの？

——別府。

——遠いなあ。

——帰ったら会おうね。

——今すぐに会いたいよ。あかねちゃんのことで頭がいっぱいで、おかしくなりそうだよ……。

と、そこで夫と朝斗が戻ってきた。あかねはスマホの電源を切った。

「いやあ、いいお湯だったよ。なあ、朝斗」

「最高だったね」

二人とも頬がぴかぴかに光っている。

「水分を摂らないといけないわ」

冷蔵庫からスポーツ飲料を取り出して、あかねは言った。おそろしいほどやさしい声が出た。あかねはそんな自分が嫌になったが、軽く頭を振って、今ある自分を肯定した。家族にこんなふうにやさしく接することができるのも、森村への恋情があるからなのだと。

家族でああだこうだと感想を言い合って、お酒をなめながら紅白歌合戦を見るという、できすぎのような幸せのただなかにいる自分を、もう一人の自分が天井あたりから俯瞰《ふかん》しているような気がした。そして、こんなふうに乖離《かいり》して感じるのは、多少の負い目があるからだろうかなどと、新年を迎える夜にぐるぐると考えたのだった。

川の字に並べた布団で目が覚めて、見慣れない天井が目に入る。窓からは新しい日差しが差し込んでいる。

「あけましておめでとう」

　あかねが新年の挨拶をすると、目を覚ましていたらしい夫が「あけましておめでとう」と返し、ふああ、と伸びをしながら、朝斗が「おめでとう」と続けた。

　こんなに暖かな部屋で家族みんなで新年を迎えたというのに、あかねは、自宅から遠く離れた場所にいることがひどく心もとなく思えて、ふいに泣きたくなった。センチメンタルな気分になるのは、森村のせいではなく更年期のせいだ。そんなふうに結論付けて、自分を叱咤《しった》しながら布団をあげた。

　食事の前に朝風呂に行くという二人を送り出し、あかねはスマホの電源を入れた。

「えっ?」

　LINEのアイコンに384という数字が出ていた。384? 膨大《ぼうだい》な数のLINE件数だ。職場か学校でなにかあったのだろうかと、あかねは慌てて画面を開いた。

「えっ……」

　思わず息をのむ。384件、すべて森村からのものだった。

　――会いたい。

　――恋しくて死にそうだよ。

――あかねちゃん、助けて。

――いつ戻るの？

――早く帰ってきて。

――好きだ。こんなに好きになって、おれ、どうしたらいい？

――つらいよ。本当に好きだ。愛してる。ずっと一緒にいたい。いっときだって離れられないよ。

最初のほうはあかねを思う胸の内が赤裸々《せきらら》につづられており、ハートをあしらったいくつかのスタンプも織り込まれていたが、途中から徐々にあかねを責めるような言葉が出てきた。

――なんで連絡くれないんだよ。

――おれのことを好きだって言ったじゃないか！

――ずっと一緒にいたいって言ったのに、なんで一緒にいられないんだよ。

――今どこに誰といるの？

――すぐに帰ってきてよ。

――いつもおれのそばにいて。

あかねは複雑な気持ちだった。うれしいには違いなかったが、森村の異常ともいうべき熱量に圧倒されていた。涙を流しているスタンプの連打も不気味だった。

——今頃、家族で温泉？

——たのしんでね。うそ。たのしまないで！

——おれを一人にしないでよ。

——なんで連絡くれないんだよ。おれがどんな思いでいるのかわかってる？

——苦しいよ。あかねちゃんのこと考えると心臓が口から飛び出てきそうになるよ……。

——別府？　大分？　おれ、今からそっちに行っていい？

——もう、おれたちずっと一緒じゃなきゃダメだよ。

——泊まってるところ教えて。今すぐ迎えにいくよ。

——旦那さんと一緒に寝てるの？　おれ、そんなの耐えられないよ！

——お願いだから、おれだけのあかねちゃんでいて。

——結婚しよう。

——おれ、離婚するから。

——結婚できないなら死んでもいいよ！

あかねは大きなため息をついた。だんだん読むのが面倒になってきて、雰囲気だけを目で追って画面をスクロールしていった。０：０２に、

——あけましておめでとう。今年はおれたちの運命の年だよ。

とあり、その後、3：29までこれからの二人の展望について延々と書かれてあった。最後は、

——あかねちゃん、おやすみ。

だった。

あかねはしばらく考えたのち、「あけましておめでとう」と打ち、帰る日にちを入れ、「戻ったら連絡するね」とだけ書いて、再度電源を切った。画面が暗くなったところで、夫と朝斗が朝風呂から戻ってきた。

たのしいお正月だった。ひさしぶりに家族でのんびりできた。

「あー、明日から朝練だ。めんどくさいなあ」

自宅の最寄駅の改札を出たところで、朝斗が言う。

「温泉三昧《ざんまい》で、身体がなまったんじゃない？」

あかねが返すと、

「いや、温泉の効能で調子がよくなったはずだよ」

と、自慢顔で答えた。

森村からはその後、

——しつこく連投しちゃってごめん。酔っぱらってた。許して。

というＬＩＮＥが来ただけだった。自分に心底惚れている森村が、あかねはなんだかかわいそうに思えた。

帰宅し、荷物を片付けていると、森村からＬＩＮＥが入った。

――おかえり！

とだけ書いてあった。そのタイミングのよさに、もしかして近くで見られていたのではないかという疑問が浮かぶ。

――なんで帰ってきたのがわかったの？

そう返した。

――だって、今日戻るって書いてたじゃない。飛行機の時間を調べて、大体予想したんだよ。おれってすごいでしょ！

真相はわからなかったが、いつもの森村に戻ったようだったので、ひとまず安堵した。

年明けの出勤日、森村と会う約束をした。旅行に行っていた期間のＬＩＮＥを思い出すと、ざらっとした違和感が残ったが、あかねだって森村に猛烈に会いたいのだ。早く会って、抱き合いたい。

十日ぶりに会う森村を見た瞬間、身体が自然とうずくのをあかねは認めていた。

若い頃、恋愛のさなかに「好きだからセックスしたいのか。それともセックスするから好きになるのか」という愚問《ぐもん》を延々と考えていた時期があったが、あかねは今またそんなことを考えていた。やはり答えは出なかったが、まあ、両方だろうな、というところに落ち着いた。人間は欲張りな生き物だ。

森村はしつこくLINEをしたことを詫《わ》び、会いたかったと言って顔を歪めた。ただちに抱き合わないと即刻死んでしまう生命体のように、むさぼり合うように事に及んだ。

「おれ、まじであかねちゃんと一緒になりたい。離婚も本気で考えてる」

ひと通り落ち着きを取り戻した身体で、森村が言った。

「ごめん」

と、あかねは上体を起こして即座に告げた。

「わたしは今の生活を手放す気はないし、壊す気もないわ。家庭には満足してるし、森村くんとの付き合い方も今のままで充分だと思ってる。それが叶わないなら、森村くんとはもう会えない」

あかねは真剣な口調で一気に言った。森村は苦しそうな顔でしばらく考えていたが、最後にはそうか、と小さくうなずいた。

「あかねちゃんがそう言うなら仕方ない。あかねちゃんと会えなくなるほうが嫌だもん。我慢するよ、おれ」

絞り出すような声で森村は言い、嫌いにならないで、とあかねの腰にしがみついた。

千佳子と会ったのは、それからしばらくしてからのことだった。涼子と諸星の簡単なお祝いの会に出てきたと言う。

「本当に結婚しちゃったのね。よかったね、涼子」

ワインを飲みながらあかねは微笑んだ。この歳になると、人の幸せが我がことのようにうれしい。それはもちろん、自分が幸せだからだろう、ということも承知している。

「そんなことより、あかね。あんた森村とどうなの?」

「またそれ? べつにふつうに会ってるわよ」

笑って答えると、笑ってる場合じゃないわよ、と千佳子がつぶやく。

「涼子のお祝いに弘美も来てたんだけど、それがまた大酔っ払いでさ……」

へえ、わざわざ鹿児島からかけつけたんだと、あかねは義理堅い弘美を尊敬した。

「ほら、弘美。同窓会のとき、一人で三次会まで行ったじゃない」

「うん、そうだったわね」

「……なんだか言いづらいんだけど」

千佳子にしてはめずらしいもの言いだった。

「なに、どうしたの」

「はっきり言うけどさ」

そう言って千佳子がひと呼吸置く。

「弘美、三次会の帰りに、森村くんとホテルに行ったらしいのよ」

すぐには言葉が出なかった。口に含んだワインがごきゅっと音を立てて喉を通過する。

「はあ⁉　どういうこと……？」

「よくわからないんだけど、酔った勢いだったみたいよ」

「うそっ！　森村くん、弘美とやったの⁉」

叫ぶように言って、あかねはテーブルの上に乗り上がらんばかりの勢いで立ち上がった。千佳子が、ちょっと落ち着いてよ、と小声で制す。

「驚くのはわかるけど、そんなに興奮しないでよ」

「だって！」

あかねは、パニックになりそうなほどの衝撃を受けていた。

「弘美、そのときのことが忘れられないみたいで、しまいには泣き出しちゃって大変だったの。涼子たちのお祝いの席なのに困ったわよ。あの子、森村のことを本気で好きになっちゃったみたい」

あかねはわなわなと震える手でワインをどぼどぼと注ぎ、ぐいっと飲み干した。

「同級生たちも何人か来てたから、慌てて止めたのよ。何人かは聞いてたと思うけど、みんな笑ってたから本気にはしてなかったかも」

「そんなことどうでもいいっ！」

あかねは鋭く言い放った。

「ちょ、ちょっと、なんでそんなに怒るのよ。だって、あかねと付き合う前のことよ。そんなことで怒ってたら、森村の奥さんや、森村が昔付き合ってた女にまでやきもちを焼くはめになるわよ」

「やきもちじゃないわよ！　弘美だからむかつくのよ！　あの弘美よ！」

巨漢の弘美を思い出して、あかねは気分が悪くなる。ぶくぶくと太って、清潔感なく、孫までいる弘美。

「信じられない！　気持ち悪いわ！　よくもまあ、あんな女とできたもんだわ！」

我を忘れてまくし立てるあかねに、千佳子が大きなため息をつく。

「わたし、あんたのそういうところ、ほんとに嫌いだわ。森村と弘美が寝たっていいじゃない。弘美が太ってたから許せないわけ？　そんなのおかしいわ。弘美はいい子だよ。森村だって、弘美のそういうところに惹かれたのかもしれないじゃない」

「気持ち悪いわよっ！　弘美に発情するなんて頭がおかしいわ！　考えられない！」

「あんたいいかげんにしなさいよ。何様のつもりなのよ。人は外見だけじゃないのよ。弘美は昔からとってもやさしい子よ。お嫁に行った鹿児島ではかなり苦労したって聞いた。結婚当初は、夫の両親と、夫の姉夫婦家族までひとつ屋根の下に住んでたんだって。弘美が一人で、その人たちの食事を作って洗濯までしてたらしいわよ。すごいことだよ。誰にだってできることじゃないと思う」

千佳子がいかにも美談っぽく言う。

「そんな話をしてるんじゃないわよ！」

あかねは怒りで、自分の身体が破裂するのではないかと感じた。

「冗談じゃないわ。あんなに太って！　あんなに醜くなって！」

金切《かなき》り声をあげるあかねを、千佳子が強くにらむ。

「言っとくけど、あんたより弘美のほうがよっぽどマシよ。森村の選択は正しいわ。あかね、あんた少し頭を冷やしなさい」

千佳子がそう言って席を立ち、あかねも即座に席を立った。

「今日またあいつがいたよ」

あかねが帰宅すると、朝斗が勢い込んで伝えてきた。

「あいつって？　あの気持ち悪い男の人？」

「うん、たぶん」

五階に住んでいるあの男だ。

「なにかされたの！　大丈夫だった⁉」

「大丈夫に決まってるじゃん。マンションの入り口にいただけだよ。なかには入ってこなかったし」

「……そう、ならいいけど」

しばらく会わなかったのであかねも忘れていたが、夫に伝えておいたほうがいいだろうと思った。

五階の住人のことは気になるが、なによりも今、あかねの頭のなかは弘美と森村のことでいっぱいだった。すぐさま森村に真相を問いただしたかったが、明後日会う予定になっている。今連絡しても感情的になってしまうのは目に見えていたので、少しクールダウンしようと思った。が、なにをしていても、気が付けば弘美と森村の情事を想像してしまい、激烈な怒りと悲しみに襲われるのだった。

マンションのエントランスに、例の男を発見した。仕事帰りなのか、くたびれたスーツ姿でぼうっと突っ立っている。しばらく様子を見ていたが、男が動く様子はなかった。どうしようかと思ったが、待っている時間もなかったので、あかねはマンションに入って行った。

あかねが男の前を通った瞬間、男が顔を上げた。ゆっくりとした足取りで、あかねのあとをついてくる。嫌悪感とともに、なにかされるのではないかという恐怖がせり上がってくる。とてもじゃないが、一緒にエレベーターには乗れないと思った。

あかねは立ち止まって男を先に行かせようとしたが、どういうわけか男もその場に立ち止まった。男は、これみよがしに右手をあごに添えて、考える素振りをしている。

「おかあさん」

朝斗の声に振り向く。テニス部の練習で遅くなったらしい。

「おかえり、朝斗」

「なにしてるの」

「ええっと、ちょっと」

あかねは朝斗に目配《めくば》せしたが、朝斗はわけがわからない様子で、

「え？　なに？」

と大きな声で返した。あかねはあきらめて、あとで話すことにした。

「エレベーター乗らないの？」

朝斗がボタンを押す。朝斗と二人なら、こちらのほうに分があるだろうと算段して、開いたエレベーターに乗り込んだ。陶酔《とうすい》したような顔で突っ立っていた男も、急に慌てた感じで一緒に乗ってきた。

「何階ですか」

七階ボタンを押したあと、あかねは思い切って男に声をかけた。

「あ、ああ、すみません。五階です」

無言のままエレベーターは上昇していき、男は五階で降りた。張っていた肩の力が抜けていく。

「ねえ、前に朝斗が言っていた、マンションの外に立ってた人って、今の男でしょ」

胸を押さえながら、あかねは朝斗に聞いてみた。

「はあ？　なに言ってんの？　ぜんぜん違う人だよ。だって、今の人はこのマンションの人じゃん」

「え？　違う人？　本当に違うの？」

「うん、もっと背が高い人だよ」

「……そう」

あかねは小さくうなずいて、朝斗と一緒に部屋に入った。

そのあとすぐに夫も帰ってきた。あかねは、例の男性について聞いてみた。

「メガネをかけていて、なんだか挙動不審な感じの人なんだけど知ってる？　五階に住んでるみたいだけど」

夫は少し考えてから、ああ、と人差し指を掲げた。

「曾根《そね》さんじゃないか？」

「曾根さん？　知ってる人？」

「こないだマンション管理組合の会合のときに会ったよ。夏に越してきたんだ」

「あの人、ちょっと変なところない？」

あかねがたずねると、夫は声をあげて笑った。

「まあなあ。確かにちょっと変わってるかもな。海洋生物の研究者らしいよ。なに？　なにかあったのか」

夫の問いに、横で聞いていた朝斗が説明をはじめる。

「おれが見たのは、もっとイケメンだよ。マンションの入り口に立ってるのを何回か見たことあるよ」

朝斗の言葉に、夫があかねの顔をじっと見つめる。あかねは知らん顔で視線をそらせた。

「曾根さんさ、急に立ち止まって考え事したり、エレベーターの階を間違えて降りることとかしょっちゅうらしいよ。奥さんが先に謝っておきます、って頭を下げるから、会合のときみんなで笑ったよ」

夫が言った。

「じゃあ、わたしの勘違いね」

得体《えたい》の知れない住人ではないということがわかってよかったと、あかねはひとまず胸をなでおろした。

そして、朝斗が見たというイケメンは、おそらく森村に間違いないだろうと思った。明日は聞きたいことがたくさんある。あかねはいつもとはまったく違った待ち遠しさに、べつの意味で身の内が燃え立つような感覚だった。

森村と待ち合わせて、あかねは何食わぬ顔で一緒にホテルに向かった。

「あかねちゃん、会いたかった」

と言って、いつものようにきつく抱きしめてきた森村を、あかねは目一杯《めいっぱい》引きはがした。

「なに、どうしたの？」

森村が、捨てられた子犬のような瞳であかねを見つめる。

「森村くん、あなた、ストーキングしてるでしょ。うちのマンションまで何度か来たことあるわよね」

あかねが詰問《きつもん》口調で言うと、森村はとたんに目を泳がせた。

「どうなのよ？　知ってるんだからね！」

きつく言い放つと、

「ごめんっ！　本当にごめんなさいっ！」

と、森村は膝から崩れてそのまま土下座の形となった。

「家まで来るなんてルール違反よ。森村くんがそんなことする人だとは思わなかった。見損なったわ」

「ごめん！」

「信じられない神経よ。そんな無防備でどうするのよ？　お正月、旅行から帰ってきたときも、どうせ張ってたんでしょ。森村くんのこと、うちの子どもが見てるのよ。もう顔を見られたからおしまいよ」

仁王《におう》立《だ》ちのままあかねは言った。

「ごめんなさい！　あかねちゃんのことがどうしても気になって。せめて近くで、同じ空気を吸いたかったんだ」

同じ空気を吸う、というところで、思わず吹きそうになったがこらえた。

「本物のストーカーだわ！　もう二度と、うちのまわりをうろつかないで」

「ごめんなさい！　本当にごめんなさい！」

森村は床に額《ひたい》をこすりつけている。

「……あかねちゃんの旦那さんの顔を見たかったんだ。どんな人なのかものすごく気になっちゃって、いてもたってもいられなくて」

「まさか夫に会ったの？」

森村はぶんぶんと頭を振ったが、しばらくの間のあと、

「遠くからちょっとだけ見た……」

と言った。あかねは大きなため息をついた。

「いや、でもおれのことは見られてないから」

「見られてるに決まってるでしょっ！」

「……ごめん。本当にごめん。ごめんなさい。もう二度としません」

「当たり前よ！　金輪際《こんりんざい》うちに近づかないで！　最寄駅にも来ないでほしいわ」

わかった、と森村はしおらしく言い、嫌いにならないで、とつぶやいた。

「それと森村くん、あなた、弘美と関係したって本当なの？」

本当はもっと余裕を持って言いたかったが、我慢できずに息せき切って言ってしまった。

「え？」

「弘美よ！　同級生の西村弘美！　今は大谷弘美！」

「……なんで知ってるの？」

森村がそう言ったとたん、頭にかあーっと血がのぼった。わずかの可能性に賭けていたが、この瞬間、見事に裏切られたのだった。

「ひどいっ！」

「え？　だって、あかねちゃんとこうして会う前のことだよ」

目を丸くして森村が言う。

「なんで弘美となんてやったのよ！　信じられない！」

「弘美にしつこく誘われたんだ。酔ってたし、なんとなく雰囲気でそうなっちゃってさ」

悪びれる様子なく言う。

「ありえない！　ひどいわっ！」

あかねは、森村にストーキングされたことよりも、森村が弘美と関係を持ったことのほうにショックを受けているのだった。その心理状態が我ながらおそろしかった。そして、信じられないことに涙まであふれてきたのだった。

「……あかねちゃん、もしかして泣いてるの？」

森村があかねの肩を抱く。

「触らないで」

そう言いながらも涙が止まらない。

「ごめんね、あかねちゃん。嫌な思いさせちゃったね。弘美のことなんて、おれ、なんとも思ってないよ。一夜の気の迷いだよ」

森村が言葉を重ねれば重ねるほど、あかねは悔しくて悲しくて頭にきて、涙が出てくるのだった。森村があかねの頭を胸に抱き寄せる。

「よして。あっち行って……」

なんだか媚《こ》びたような声だった。ごめんね、ごめんね、と言いながら、森村があかねの涙にキスをして、そのままなし崩し的にベッドに倒れ込む。あかねは、その気になっている自分の身体が滑稽だった。今、自分に覆いかぶさっているのは、ストーカーで、誰とでも寝る男なのに。

「おれ、あかねちゃんが世界でいちばん好きなんだ。愛してる」

あかねの頭のなかはカオス状態だった。森村とこうして肌を合わせるのは気持ちいい。森村はかっこいいし、好きだと思う。けれどストーキングはやりすぎだし、なによりあの弘美と関係を持ったことは許しがたい。でも今はこのまま続けていたい。でもやっぱり嫌だ。だって、弘美と森村は同窓会の日にやったのだ。ということは、弘美に挿入した一週間後に、このわたしに挿入したということだ！　あかねはそこまで考えて、猛烈な気持ち悪さに圧倒された。

「いやだっ！　やめてよっ！」

あかねは大声で叫んで、森村を力いっぱい押した。森村は少し後ろに傾いたが、たいした効果はなかった。

「え、なに？　どうしたの、あかねちゃ……」

と森村が驚いた顔で言ったところで、突然、あううっ！　と妙な声を出した。

「あうっ！　ううう……、く、苦しい……」

ものすごい形相《ぎょうそう》で、胸をかきむしっている。は？　なにがなんだかわからない。

「なに？　どうしたの、森村くん……」

目を剝《む》いた森村が、あかねの上にドサッと倒れ落ちた。あかねは悲鳴をあげた。

「ちょっとやだ、森村くん！　どうしたの⁉」

森村は動かない。森村の下敷きになったあかねは、体勢を変えて横からすり抜けた。

「なによ、どうしたっていうのよ、いったい。森村くん！　森村くん！」

名前をいくら呼んでも反応はなかった。

「うそでしょう……？　まさか死ん……」

腹上死という言葉が、あかねの脳裏に極太のゴシック体で浮かんだ。あかねはすばやく服を身に着け、疾風のごとくホテルを飛び出した。

冗談じゃない、冗談じゃない！　あかねは足早に我が家を目指した。


翌日、あかねは仕事を休んだ。一睡もできないまま朝を迎え、立ち上がろうにも膝がガクガクと震えて、歩くことさえままならなかった。それでもなんとか新聞に目を通し、テレビニュースやネット配信のニュースを逐一《ちくいち》確認して、森村らしき人物の記事が載っていないかと目を凝《こ》らした。

昨日は無我夢中でホテルを出てきてしまったが、もし森村が死んでいたとしたら大事件であり、あかねはまっさきに疑われる容疑者であるのだ。ホテルでの情事中ということが知れたら、世間はおおいに沸き立ち、さまざまな週刊誌の大見出しになるだろう。目にモザイクをかけられた自分の写真が、電車のつり広告を飾ることになるかもしれない。

なにも考えずに森村を置き去りにしてきてしまったが、これが公《おおやけ》になったら、おそろしく緊迫した窮地《きゅうち》に立たされることは間違いない。森村に連絡を取りたかったが、万が一の場合を考えると、おめおめと連絡などできるわけがなかった。

どうか生きていて！　どうかどうか、生きていて！

日頃は無神論者であるのに、「一生のお願いです！」と小学生のように付け足して、あかねは一生懸命に神さまに祈った。

時間が永遠のように長く感じられた。水を飲むだけで吐きそうだった。昼になり、あかねは耐えきれなくなって、千佳子に電話を入れた。一人では到底抱えきれなかった。

「はあああ⁉　あんたいったいなにやってんのよ！　どうすんのよっ！」

昼休みだったのか、千佳子はすぐに電話に出てくれたが、あかねが一部始終を話すと、すごい剣幕《けんまく》でまくし立てた。

「これ、事件だからね！　わたし知らないわよ。関係ないからね。自分で全責任取りなさいよ！」

先日険悪な雰囲気のまま別れたきりになっていたが、こんなときに頼れるのは千佳子しかいないのだった。

「……どうしよう、どうしよう……、千佳子」

言いながら、じゅわっと涙が染み出てくる。どうしたらいいのか、まるでわからなかった。

「あんたって、本当に自分勝手で最低な女だわね！　もし森村くんが死んでたら、あんた人殺しだからね！　殺人犯よ！」

ひいっ、と喉の奥から音がもれ、あかねはおいおいと泣き出した。

「泣いてる場合じゃないでしょ！　ホテルには確認取ったの？」

「……取ってない」

「豆腐の角に頭ぶつけて死ねっ！　このバカ女っ！」

千佳子の罵声《ばせい》とともに電話は切れた。


――もう会わないほうがいいね。

というＬＩＮＥが森村から届いたのは、ホテルの事件から十日後のことだった。

――そのほうがいいね。

と、あかねも返した。

――さようなら、あかねちゃん。

――さようなら、森村くん。お元気で。

あかねのＬＩＮＥを最後に、あかねは森村とのＬＩＮＥを削除し、連絡先も消去した。森村もきっと同じように、あかねの連絡先を消去しただろう。

あかねとの電話のあと、千佳子は会社を早引けして、ホテルまで足を運んでくれたのだった。千佳子は記者を装い、救急車が出動したことはありますか？　とたずねたそうだ。千佳子は編集プロダクションに所属しているので、名刺の効果もあったらしい。フロントの人は怪訝《けげん》そうな顔をしながらも、

「うちではこれまで一切そういうことはございません」

と答えたそうだ。実際ホテルはしんと静まり返っており、なにかしらの事件があった形跡はみじんもなかったとのことだった。

千佳子からそのような連絡をもらったあかねは、平身低頭《へいしんていとう》でひたすら謝り抜き、なんべんもなんべんも心から礼を言った。そしてその後、森村に連絡を入れた。森村は病院で検査を受けていた。不整脈《ふせいみゃく》が見つかり、治療を受けるということだった。

そして今日、森村から最後のＬＩＮＥが来たのだった。

「あんたはさ、人生なめきってんのよ。これを機に心根《こころね》を入れ替えなさいよ」

電話で千佳子にそう言われ、あかねはただただうなずくしかなかった。

「あ、そうだ。弘美こっちに帰って来るらしいわよ。親の介護でしばらく実家に住むんだって」

ね」

「……そう」

「森村くん、あんたにはもう愛想尽かしたんでしょ。弘美といい雰囲気になるかも

　千佳子に嫌味を言われても、あかねには返す言葉がなかった。あんなに頭に血がのぼっていた弘美のことも、今はもうなんとも思わないのだった。

「森村くん、しばらくおとなしくしてるって言ってた。セックスが怖くなったって。医者にも興奮するようなことは止められてるって」

　あかねがぼそぼそと言うと、千佳子は爆笑した。それから吐き捨てるように、どうでもいいわ、と言い、電話は切られた。

　あかねは、森村が苦しそうに胸を押さえる姿を思い浮かべ、身が縮んだ。森村を置いて逃げたあかねのことを、森村は責めなかった。そのときのことについてはなにも言わなかった。森村のやさしいいさぎよさが身に染みて、あかねは泣きたくなった。そして、森村が元のダサい格好に戻ればいいのにと、ぼんやりと思った。

# 第二話

# 美波の場合

爆音が鳴った瞬間、ぶわっと鳥肌が立ち産毛《うぶげ》が逆立《さかだ》つ。下腹に響く重低音に、閉じていた細胞のひとつひとつが活性化していく。身体中がしびれる。足元から脳天まで突き抜けるような、大きな波が一気に押し寄せてくる。チューブから直接絞った色とりどりの油絵具が何重にも交差して、頭のなかを埋め尽くす。

美波《みなみ》はうっとりと陶酔《とうすい》する。それでも身体はおのずとリズムを取りはじめ、無意識のうちに身体を揺らして足を踏み鳴らしている。ふと気が付けば、いつしか狂ったようなヘッドバンキングをお見舞いしている。

ヘヴィメタルバンド、リザードシャドウ。断末魔《だんまつま》の叫びのような佐山《さやま》のうなるギター、下腹に鉛《なまり》を打ち込まれるかのように響く赤坂《あかさか》のベース、地獄からの使者のごとく轟《とどろ》く新藤《しんどう》のドラム、天を突き刺す、ボーカル岡田《おかだ》の超絶シャウト!

「オカダアアァァ!　ギャアアァァァッ!　サヤマァァ!」

隣の女の子が、暴走したロボットのような動きで全身を躍らせている。キャミソールの肩からは紫色の蝶のタトゥが見える。

美波も革ジャンとシャツを脱ぎ捨てて、黒のタンクトップ姿になっている。ライブハウスのなかはすさまじい熱気だ。汗のしぶきが飛んでくる。鼓膜《こまく》がびりびりと震えまくる。

くそったれ！　最高だっ！

美波は、喉がつぶれそうなくらいに叫びまくる。目が回る。天井と地面がつながって壁が反転する。上なのか下なのか横になっているのか、もうなにがなんだかわからなくなる。

ギャアアァァッ！　シャウト！　シャウト！　シャウト！　シャウト！

最高だっ！　嗚呼《ああ》、もう死んでもいいっ……！

ライブハウスオリオンは、美波にとってのオアシスだ。今日もリザードシャドウが最高の音を聴かせてくれた。メジャーデビューも遠い夢ではないだろうと、美波は思う。

インチキ英語でがなり立てるアーティストが多いなか、リザードシャドウの曲はすべてが日本語だ。ガンガンのメタルロックなのに、耳にすんなりと入ってくる奇跡の楽曲。多くの人に届いてほしいと、美波は切《せつ》に願う。

地下二階のオリオンを出て地上に着いた瞬間、つめたい風が顔にぶち当たる。身体中がほてっている今、この寒風が気持ちよかった。美波は高揚《こうよう》していた。生きる気力に満ち満ちているとは、まさにこういう感覚をいうのだと感じ入る。

最高のライブを観たあとは、なんでもできそうな気がするし、なんにでもなれそうな気さえする。毎日ライブを観て暮らせたらなあと、美波は思う。ロックは最高だ。なかでも美波はメタル系が好きだ。頭のなかがクラッシュして、自分が生身の人間であることを実感できる。

ライブの興奮はまだまだ身の内にあったが、したたるほど汗をかいた熱は、駅まで歩いていくうちにすっかり冷めてしまった。冷え切った汗が身体を芯からつめたくさせる。

近頃、寒さが一段と増してきた。あと一週間もすれば師走《しわす》だ。今年もあっという間に過ぎてしまった。ついこのあいだまで夏の暑さにへばっていたというのに、なんという早さで時は過ぎていくのだろうかと、毎年思うことを今年も思う。二十八歳も、大きな出来事なく終わってゆく。

駅のホームで指先に息を吹きかけ、小さく足踏みをしながら電車を待つ。滑り込んできた電車を見て、美波は小さくため息をついた。当たり前だが混んでいた。ホームで待っていた多くの人たちが乗り込んでいく。ドアが閉まります、というアナウンスが流れているのに次々と乗客がなだれ込んできて、おかまいなしだ。美波は混雑しているドア付近から離れ、なかほどまで進んだ。身動きがとれないほどのぎゆうぎゅう詰めではなかったが、隣の人と腕が触れ合う距離感ではある。

「うっ……」

ふいに形容しがたい臭いがただよってきて、息を止めた。左隣に立っているおじさんが、スーハースーハーと口で息をしている。強烈な口臭だ！　一体なにを食べたらこんな臭いがするのだろうか？　酸素を吸う同じ生きものとして許しがたい臭いだ！

美波は顔を反対側に向けて、少しでも無臭の空気を求めたが、たいした効果はなかった。場所を移りたかったが、人をかき分けて移動したところで、結局どこに行っても同じだろうとあきらめる。

「いたっ！」

思わず腰を押さえる。後ろ側に立っているおじさんが肩にかけている大きな四角い硬いカバンが、美波の腰に思い切りぶつかった。声をあげたというのに、おじさんは美波を一瞥《いちべつ》しただけでなにも言わずに顔をそらせた。

信じられない！　美波は目をむいて、おやじの後頭部をにらみつけた。謝ることもできないなんて！　それでも社会人なのかと、襟首《えりくび》をひっつかんで言ってやりたくなる。第一、そのばかでかいカバンの中身はなんなのよ？　世界中の辞書と電話帳でも入れてるわけ？　凶器だろ、それ！　ほんっと迷惑！

これみよがしに腰をさすりながら、顔を右に向け、少しでも悪臭を吸わないようにしていると、

チョッ、チョッ、チェッ、チョッ、チョッ

と、なんとも不気味な音が聞こえてきた。

チョッ、チョッ、チェッ

シーッ、シーッ、シハーッ、チョッ

うそでしょ⁉　まさか？　と思い、意を決して振り返ってみると、後ろの席に座っている赤ら顔のおじさんが、口元を奇妙に変形させながら、放送禁止レベルの不気味な音を思いっきり立てていた。

出たっ！　妖怪チョッチョおやじ！

妖怪チョッチョおやじというのは、口腔《こうこう》内の筋力を総動員させ、歯の隙間《すきま》に挟まった食べカスを猛烈に吸い出すという、下品極まりない非衛生おやじのことだ！　美波が命名した。電車のなかでいちばん遭遇したくない類《たぐい》のおじさんだ。

チョッ、チョッ、チェッ、チョッ、チョッ

シハーッ、チョッ、チェッ、チョッ

ぎゃあああ！　やめてえぇ！　脳みそが腐るぅ！　なんで大勢の人が乗っている電車のなかで、そんな恥知らずなことができるの！　家に帰ってからフロスすれば

いい話だろっ！　ありえない！　死んで！　今すぐ死んでいい！　電車に乗る資格なしっ！　生きてる価値なし！　歯医者に行って、隙間をセメントで埋めてもらえぇえっ！

神経をすり減らせるチョッチョ音をシャットアウトすべく、イヤホンをして大音量でメタルをキメたいところだったが、なんというタイミングの悪さか、こんなときに限ってスマホの充電が切れていた。美波は天を仰ぐ。

妖怪チョッチョおやじは、しつこく歯の隙間に引っかかった食べカスと格闘しており、延々と許しがたい音を車内に垂れ流している。ひぃー！　ほんとやめて！なんなの、この罰ゲーム！　ここ地獄ですかっ⁉　地獄なんですか⁉

次々と襲ってくるおやじトラップに耐えながらつり革につかまっていると、ふと目の前に座っているおじさんと目が合った。おじさんは眉を上げておもしろそうに、美波の頭のてっぺんからつま先までをねめつけている。

なに、このおやじ！　あんたにじろじろ見られる筋合いはない！　勝手に見んな！　このスケベジジイがっ！

美波の今日の格好は、ブラックジーンズにサイドゴアの鋲《びょう》のついたブーツ。とっておきの黒いサテン地のシャツには、真っ赤なバラがいくつかあしらわれている。大枚をはたいて買った革ジャンは、輸入ものの古着だ。

美波は背が高く、短髪でサイドを軽く刈り上げているので、たまに男性に間違われることがある。女子トイレで驚かれたことは数えきれない。目の前のおじさんは、そんな美波を珍獣でも見るかのような視線で見上げているのだった。

美波が鋭くにらむと、おやじは「おお、こわっ」とキャプションを入れたくなるような仕草をして、にやついたまま視線を外した。美波は、眼力で殺せるぐらいにおやじを凝視《ぎょうし》し続けた。おやじは殺気を感じたのか、一度首をすくませてから腕組みをして寝たふりをはじめた。

逃げやがったな、くそっ！　と、鼻息荒くしたところで、左隣のおじさんの殺人レベルの口臭が鼻腔《びこう》内に侵入してきた。毒ガス！　死んでしまう……！

「ぎゃっ」

毒ガスでふらついた瞬間、今度は右隣のおやじが美波にしなだれかかってきた。見れば、立ったまま眠っている。おやじのハゲ頭が美波の革ジャンにくっついているではないか！　美波は身長が百七十三センチある。右隣の小柄なおやじは、美波の腕にすっかりハゲ頭をあずけている。

美波は怒りと気持ち悪さで血管が切れそうになりながら、問答無用に身体を反転させた。その瞬間、ハゲおやじは、ととん、とステップを踏んで美波の側にずれ込んできた。が、信じられないことにまだ寝ているのだった！　腕だけは、しっかりとつり革をつかんでいる。

　身体を反転させたことで、美波のテリトリーは狭くなり、口臭おやじの唇が至近距離に迫ってしまった。泣きたくなりながら姿勢を正したところで、目の前の寝たふりおやじの膝に美波の足がぶつかった。おやじが、おや？　という顔で目を開けて、うすら笑いで美波を見る。小さな舌打ちが出る。

　嗚呼、まさに地獄！　ここは無間《むげん》地獄なのだ！

　最寄駅に着くまで、地獄の責め苦は続き、美波はすっかり疲弊して転がり落ちるようにホームに出た。膝に手をついて、乱れた呼吸を整える。叫び出したかったが、こんなところで通報でもされたら自分の大事な時間が削られてしまう。

　美波は、つめたい夜風を全身に浴びながら、かけ足で帰路についた。ライブでの感動は、もはや遠い過去の記憶になってしまっていた。


　大きなあくびをしたところで、店長と目が合った。

「寝不足？」

　とたずねられ、すみませんと答える。

「お客さんがいるときは、後ろ向きでやってくれよ。奥の銀歯が丸見えだ」

　店長はそう言って、パソコンの画面に視線を戻した。今は、直接店に買いに来るお客さんよりも、ネットショップでの注文のほうが売り上げは優勢だ。

「あと、下の8番C2だから歯医者行ったほうがいい」

画面を見ながら、店長がそう付け足す。あんたは歯科医かよっ！　というツッコミを飲み込み、美波はうなずいた。確かに最近歯がうずくので、そろそろ歯医者を予約しようと思っていたところだ。

美波が働いている「バックスリープ」は、洋楽LPレコードとアメリカン・コミックスを扱っている小さな店だ。関連キャラクターのTシャツやフィギュアもいくつかディスプレイしている。

美波がここに勤めはじめて、もうじき一年が経《た》つ。ロック系のレコードは得意分野だが、その他の音楽ジャンルについての知識はまだまだ薄い。薄いなりに勉強して、なんとかやっている。

アメコミについても王道メジャーなものしか知らなかったが、ここで働くようになってから少しずつ覚えた。この店に訪れるお客さんは話し好きの人が多いので、知識は大切だ。

朝の十時。開店したばかりだが、平日ということもあって、まだ店内にお客さんの姿はなかった。美波は、再度出そうになるあくびをこらえる。昨日はあれから原稿を書くのに集中してしまい、気が付いたらすっかり夜が明けていた。

オリオンが発行している小冊子での、リザードシャドウについての記事だ。長く通っているうちにマスターと親しくなり、有志たちで作っているPR誌への原稿を書いてみないかと打診されるようになった。オリオンに出入りしている各バンドを贔屓《ひいき》にしているファンを代表して、顔見知りの常連客に原稿依頼をしているらしい。

美波はもともと文章を書くのが好きでブログも開いていたので、二つ返事でOKした。リザードシャドウのことをブログに書き連ねていたのを、マスターも知っていたようだった。

今回で三度目の原稿。原稿料はなしだが、リザードシャドウが出演するライブには無料で行けるので助かっている。1DKのアパートで質素な暮らしを心がけているつもりだが、頻繁《ひんぱん》にライブのチケットを買うので、なかなかお金は貯まらない。二十八歳、独身。趣味はロック。もっぱら聴く専門である。

美波の頭のなかは、今朝まで書いていた原稿のことでいっぱいだった。もっとあれも書きたい、あれが抜けていた、と足したい文言《もんごん》をいくつも浮かべては、さっきからひそかにメモを取っている。

「あのう、これの1ありますか」

急に声をかけられて、びくっとする。小学四年生くらいの女の子がレジ前に立って美波を見ていた。まったく気付かなかった。

「あ、ごめんなさい！　ええっと、『マーズ・アタック』の♯1ですね」

女の子は『マーズ・アタック』の♯2を手にしていた。美波はコーナーに行って棚に並んでいるアメコミ雑誌のなかから＃1をさがす。

「うーん、ないかなあ」

「ない？」

女の子が不安げな声で聞いてくる。美波は一冊ずつ丁寧に見ていったが、女の子がさがしている雑誌は見当たらなかった。

「ごめんなさい。＃1はないみたい」

「……うん、わかった」

女の子は残念そうに言って、＃2を棚に戻した。

「なかったのね」

後ろに立っていた女の子のお母さんらしき人が、女の子に声をかける。

「入荷予定とかはないんですか」

お母さんが、今度は美波を見てたずねる。

「すみません。アメコミ雑誌って、日本で言うところの、たとえばジャンプとかビッグコミックとか、おおざっぱに言うとそういう類の漫画雑誌なんです。日本の雑誌はいくつかの連載漫画が毎号掲載されていますが、アメコミは、その雑誌のなかにあるひとつのタイトルの一話だけを掲載している月刊誌なんです。こちらの『マーズ・アタック』は一九九七年刊行ですから、その当時の#1というと、なかなか入手するのは難しいんです。読み捨てられる感覚ですから。新装して、ソフトカバーやハードカバーの大型本になることもあるんですけど、雑誌に関しては原則増刷しないので」

美波が説明すると、お母さんは、

「へえ、なるほど。そういうことなのねえ。知らなかった、初耳だわ」

と、何度もうなずいた。

「ちなみにこれはどういうこと？」

絵が異なる二冊のアメコミを指して、お母さんがたずねる。

「同じコミックを違う人が描いてるってことなの？」

「そうなんです。ちょっとわかりづらいんですけど、作者はばらばらなんです。版権は出版社が持っているんですけど、描く人はそのつど変わるんです。だから同じ漫画でも、まるで雰囲気が変わることもあります。日本は作家性が大事にされるんですけど、向こうは形態がまるで違うんですよね。同じ版元の、違う漫画のキャラクターが、同じ話に出てくることもあります。スーパーマンとバットマンとか。映画でもありましたよね」

「へえー」

興味深そうにお母さんがうなずく。

「向こうは、ほとんど分業制になっていて、原作者、エンピツ入れる人、ペン入れする人、色づけする人、文字を書く人、などたくさんいるんです」

「へえー」

「日本人が描いたものもありますよ」

「へえー。すごいわねえ。ぜんぜん知らなかったから勉強になるわ」

美波は、ちょっとしゃべりすぎてしまったと、少し反省する。

「娘がアメコミにハマっててね。今日は小学校の創立記念日でお休みなんだけど、どうしても連れてってくれってうるさくて」

「そうだったんですね」

娘のほうは、美波とお母さんの話はまったく聞いておらず、夢中で棚からいろいろ取り出して選んでいる。思わず口元がゆるむ。好きなことに邁進《まいしん》する四年生女子、すばらしい。

「ごゆっくり」

と言って、美波はレジに戻った。

　店内は、徐々に客足が伸びてきた。二十代とおぼしきカップルの男性のほうが、『デッドプール』について、連れの女性にひとしきりしゃべっている。最初のうちは、うなずいて聞いていた女性だったが、飽きてきたのか少しつまらなそうな顔をしているのが見て取れる。

　ひげをたくわえた年配のお客さんが、カーペンターズとサイモン&ガーファンクルのLPを愛おしそうに買っていき、学生らしき女の子は、少し迷った末にスーパーラヴァーズのTシャツを購入していった。

　美波はこの店に訪れるお客さんが好きだ。みんな、自分が好きなことに自信を持っているように思える。


　仕事を終えて帰宅したあと、美波は気になっていた原稿箇所を修正し、オリオンに向かった。原稿に目を通すと、マスターは、

「うん、いいんじゃないか」

　と言って、指でOKマークを出してくれた。

「あ、今、リザシャの赤坂くんが来てるから、ちょっとこれ読んでもらうわ」

　リザードシャドウのベース担当の赤坂だ。リザシャのリーダーでもある。今日は、打ち合わせがあったらしい。これまでも何度か会ったことはあるが、赤坂は理

知的でとても頭の回転が速い人だ。

「美波さん、どうも。いつもお世話になってます」

ジーンズに長袖Tシャツに革ジャン、髪もセットしておらず、メイクもしていない赤坂はどこにでもいるような青年だった。ライブで、あの熱狂的なパフォーマンスを繰り広げるメンバーの一人とはとても思えない。

「原稿読ませてもらいました。すごくいいですね。いつもよく観て、よく聴いてくれてほんと感謝です」

赤坂はそう言って、礼儀正しく頭を下げた。

「わたしのほうこそ、原稿書かせてもらって光栄だよ。わたしにできることだったらなんでも言って。リザシャをもっともっと大勢の人に聴いてもらいたいから！メジャーデビューたのしみにしてます」

美波が元気よく答えると、赤坂ははにかんだような笑顔を見せ、これから帰る美波を地上まで一緒に出て見送ってくれた。

「じゃあ、また」

「はい、どうもありがとうございました」

手を振って別れ、駅までの道を歩き出す。

「ううっ、寒い……」

北風に対抗するように、前のめりになって背中を丸めて足早に歩く。赤提灯《あかちょうちん》から焼き鳥の匂いがただよってきて、お腹がぐうっと鳴る。今日の夕飯なににしようかな。作るのは面倒だから、最寄りのスーパーでお惣菜《そうざい》でも買っていこう。この時間なら三割引きになっているはず。あと一時間すれば半額になるけれど、それを待っているのもかったるい、と頭のなかでいろいろ考える。

「美波さんっ！」

後ろから大きな声をかけられた。振り返ると、赤坂が白い息をはずませて立っていた。

「あれ？　赤坂くん。どうしたの。なんか忘れたっけ？」

走ってきたのか、頬を上気させ肩で息をしている。

「一緒に駅まで行きましょう……」

「あはは、なにそれ。いいよ、行こう行こう。って、すぐそこだけどね」

おかしくなって笑いながら、美波は赤坂と並んで駅まで歩いた。

「寒くなったよねえ。今年も終わっちゃうねえ」

美波のつぶやきに、赤坂が小さくうなずく。

「あ、あの、美波さん！」

赤坂が足を止める。

「どうしたの」

「あ、あの」

「ん？」

「あ、あの…、お、おれ」

赤坂は地面を見つめたまま、立ち止まっている。

「す、好きなんです、美波さんのことが！」

「は？」

「お、おれと付き合ってくれませんか」

ぐいっと頭を下げて、赤坂が一気に言う。

「えっ？　はあ？　えええっ⁉」

心の底からたまげて、美波は素っ頓狂《すっとんきょう》な声をあげた。美波の声に驚いたのか、通行人が振り返った。

美波はリザードシャドウのファンではあるけれど、それはステージ上での彼らが好きなのであって、素《す》に戻ったメンバーにときめくようなことはなかった。赤坂はリーダーということもあり、他のメンバーよりも接する機会が多く、信頼はしていたが、特別な感情を持ったことはなかった。

「……赤坂くん、顔上げてよ」

いつまでも頭を下げている赤坂に、美波は声をかけた。赤坂は今にも泣きそうな顔だ。

「ええっと、まず、なんで？　どうして？　わたしなんかのどこがいいわけ？」

告白されたことなんて、美波のこれまでの人生で一度もなかった。

「さっぱりしているのに熱いところです！」

「……はあ」

「てか、全部ですよ。理由なんてないし、気付いたら好きだったたっていうか」

頭をかきながら、赤坂が言う。

「だって赤坂くん、いくつだっけ？　二十二だよね」

赤坂がうなずく。

「わたし二十八だよ」

「歳とか関係なくないですか？」

確かに関係ない、と美波も思った。

「美波さん、誰か付き合ってる人とか好きな人いるんですか」

そんな人はここ数年、まったくいなかった。美波は過去に二人の男性と付き合ったことがあったが、どちらも不完全燃焼で終わっていた。好きには違いないのだが、巷《ちまた》でよく言われるような、会いたくて仕方がない的なときめきを感じたことはなかった。恋をするという感覚が、美波にはよくわからなかった。

そんなことを、寒空の下、ばか正直に赤坂にぼそぼそと伝えると、赤坂は、

「おれが好きにさせてみせます！」

と、胸を張って言った。

「美波さん！　まだはじまってもいないのに、先の心配をしてもしょうがないですよ！」

「……うん、まあ、そうだけど」

「じゃあ、決まりでいいと思います」

そう言って赤坂がにっこりと笑う。美波もつられて笑ってしまった。いつのまにかすっかり赤坂のペースに乗せられていたが、こういうのも悪くないかもしれないと、感じていた。今度こそ恋の醍醐《だいご》味《み》を味わいたいと、今までそんなことを思ったことがなかったというのに、今急にそんなふうに思っている自分が不思議だった。

「美波さん、よろしくお願いします」

赤坂が右手を差し出す。美波もつかの間迷ったあと、おずおずと右手を出し、

「よろしくお願いします」

と、頭を下げた。赤坂は「やったあ！」と、うれしそうにガッツポーズをした。

赤坂と駅で別れ、美波はぼんやりしたまま電車に乗り、ぼんやりしたまま最寄駅

に着き、ぼんやりしたまま近くのスーパーで三割引きの幕の内弁当を買い、ぼんやりしたまま家に帰った。

ほんの数分の間の出来事だった。すべてはタイミングなのかもしれない、などと美波は思う。むろん、まだ実感はなかった。けれど普段はのり弁か助六《すけろく》なのに、三割引きとはいえ幕の内弁当を買ってしまうなんて、相当うかれていると思った。


赤坂と付き合いはじめて、二週間が経った。二度ほど食事に行き、毎日電話で話し、しょっちゅうLINE《ライン》のやりとりをしている。たった二週間だが、こんな濃い付き合いは美波にとってはじめてだった。世の中の恋人たちはこうして愛を育《はぐく》んでいくのかと、純粋に勉強になった。

いやがうえにも、赤坂の存在が生活の一部になっていく感覚は、美波にとって興味深いものだった。電話が来なかったり、LINEの返事が遅くなったりしただけで、なんだか気が急《せ》いてしまって、なにかあったのだろうかと心配してしまう。

今日はリザードシャドウのライブだ。付き合ってからは、はじめてのライブとなる。美波は妙に浮き立つ気持ちをどうどうと抑えながら、オリオンに向かった。

リザードシャドウは夏頃から、一気にファンが増えている。お笑いタレントがSNSで、「こいつら熱いぜ！」とツイートしたのがきっかけだった。最初は興味本位でライブに訪れていた人たちが目立ったが、いつしか純粋なファンで埋め尽くされるようになった。リザシャのメンバーは、見た目もいいので女性ファンも多く、リザシャが出演するときはライブ会場全体が心なしかいい匂いになる。

リザシャが登場したとたん、耳がおかしくなるほどの大きな歓声が響いた。

「今日も行くぜぇえ！」

ボーカルの岡田が吠えたあと、新藤の雷のようなドラムで一曲目がはじまった。足が宙に浮くような感覚。この瞬間、自分をまるごと全部持っていかれてしまう。が、今日はこれまでとはちょっと勝手が違った。リザードシャドウを観るというよりも、美波は赤坂ばかりを目で追ってしまうのだった。ステージに立ってベースを鳴らしている赤坂を、美波はどうしても個人的な感情で見てしまう。派手な衣装やメイクの下に隠されている、素の赤坂を見つけたくなる。

ボーカルの岡田や、ギターの佐山、ドラムの新藤とはまるで違う、赤坂の落ち着いたパフォーマンス。決して目立とうとせず、メンバーをサポートしている。かっこいいとつくづく思い、胸がじんわり熱くなる。

「アカサカアァァァ！　愛してるう！　好きいい！　キャアァァァ！」

後ろの女の子の絶叫が強烈に耳に入り、美波は思わず振り返った。二十歳ぐらいの、とてもかわいらしい女の子だった。こんなに大きな声が出るとは思えない可憐《かれん》さだ。

「アカサカアァァァ！　キャーッ！」

小柄なので、背の高い自分が前にいるとステージがよく見えないだろうと思い、美波はさりげなく後方に移動した。

「アカサカアァァ！」

女の子は大きく身体を揺すり、ジャンプをしている。彼女のような絶叫は、美波にはもはやできなかった。

「……赤坂くん」

と、小さくつぶやくことがやっとだった。


師走に入り、街はクリスマス一色だ。クリスマスソングがかかり、赤と緑と金色のきらびやかな飾りが街を彩《いろど》っている。

クリスマスイブを赤坂と過ごしたいと言った美波に、芹菜《せりな》は、

「もちろんいいに決まってるよお！」

と満面の笑みで、ワインを美波のグラスに注いだ。

芹菜は、専門学校が一緒だった友達だ。情報処理科というクラスだったけれど、美波も芹菜もなぜそんな科を選んだのか、よくわかっていなかった。高校を卒業し

て就職するほどの心構えはなかったし、大学に行くほどの目的も頭もなかった。ただなんとなく、就職に役立ちそうな科を選んだだけだ。ふわふわと授業を受ける二人は、すぐに仲良くなった。

結局、美波も芹菜も地元には戻らず、派遣やフリーターをしながら、気付けば二十八歳になっており、ここ三年ほど、クリスマスは芹菜と二人で過ごしていた。芹菜にはしょっちゅう彼氏がいるが、どういうわけかクリスマス時期になると別れてしまい、となると、必然的に美波と過ごすことになるのだった。

赤坂と付き合うことになったと伝えたとき、

「美波に彼氏ができるなんて、赤飯ものだよ！」

と、芹菜は盛大に喜んでくれた。

「バンドメンバーと付き合えるなんて、ほんと理想だよー。いいなあ。わたしだったら、めちゃくちゃ舞い上がっちゃう。うらやましい限りだよう」

芹菜はなんとかという韓流アイドルグループのファンで、日本全国、ときには韓国まで追いかけてコンサートやライブに行っている。美波はいつまで経っても、そのアイドルのグループ名と、芹菜が推しているメンバーの名前を覚えることができない。

芹菜が追いかけているアジアで大人気の韓流アイドルグループと、小さなライブハウスで演奏しているリザードシャドウを比べるのはどうかと思うが、芹菜の言わんとしていることは理解できた。ステージに立つ人間と、客席から観るファンの間には、近いようでいて頑丈な壁がある。

「クリスマスイブは、赤坂くんとどこかに行くの？」

「うーん、まだ決まってないんだけどね」

イブはオリオンで、クリスマスライブがある。それが終わったあと、一緒に過ごそうと、赤坂には言われている。

「で、どうなのよ」

芹菜がたのしそうにたずねてくる。

「やさしいと思う。マメだし……」

こういうとき、なんと答えていいのかわからずに、美波はへどもどしながら返した。

「赤坂くんさ、意外と人気あるんだよね。これまで気にしたことなかったんだけど、けっこう赤坂くん目当てのリザシャのファンの女の子も多いみたい」

「うふふ、美波はそれが気になるんだあ。かーわいい」

芹菜にからかわれて、顔が赤くなる。先日のライブで、赤坂の名前を呼んでいた女の子は事実とてもかわいかった。小さい顔で色白で黒目がちで、肩までのやわらかそうな栗色の髪は毛先がカールされていて、服装もガーリーだった。赤坂ファンは清楚系が多い。

各メンバーのファンそれぞれに特徴があると、美波は分析する。岡田と佐山ファンは主に黒色の服で、髪も赤く染めていたりで、ロック系、ゴスロリ系が多く、新藤ファンはきれいなおねえさん系が多い。そういう美波は、昔からずっと、ロック系ファッションだ。

「赤坂くんて二十二歳なんだよ。六つも年下」

あまり考えないようにしていたが、やはり年齢差も多少は気になる。

「ねえ、美波。クリスマスは、ちょっといつもと雰囲気を変えてみたらどうかな」

芹菜が言う。

「どういうこと?」

「服装変えて、おしゃれしてみるってこと」

「無理無理!」

芹菜の提案に、美波は間髪《かんはつ》を容《い》れずに大きく首を振った。

「だって、この髪だよ。タッパもあるし、どんな格好も似合わないよ」

美波が言うと、芹菜はじっと美波を見つめた。

「美波は昔から容姿に自信がないようなことを口にするけどさ、それ全然違うから」

「へ？」

「美波は実はものすごくきれいなんだよ！　専門学校時代に、読モとかに応募しとけば、もしかしたら今頃はパリコレのスーパーモデルだったかも」

「はあ？　ばか言わないでよ」

自分のことは、自分がいちばんよく知っている。目は細いし、顔は青白いし、背が高いだけで凹凸がないのでまるで鉛筆みたいだと、美波は自分を冷静に分析する。

「イメージコンサルティングを受けてみたらどう？　美波にその気があるなら紹介するよ」

「なにそれ」

芹菜はイメージコンサルティングおよびカラーコンサルティングについて、美波にレクチャーしてくれた。

芹菜がイメージコンサルティングを受けた理由は、いつなんどき、大好きな人に遭遇するかわからないから、というものだった。大好きな人というのは、例の韓流アイドルグループのメンバーだ。

「彼が急に喉が渇いてコンビニに飛び込んでくる可能性だってあるわけじゃない？

もしそのとき、わたしが同じコンビニで買い物してたらって考えたら、だらしない格好なんてしてられないと思ったの。出会いはどこに転がってるかわからないんだからさ」

そんなふうに元気よく言う芹菜は、とてもかわいかった。

「で、いざやってみたら、ものすごく自分に自信が持てるようになったの。美波も試しにやってみたらいいと思うなあ」

「いやあ、どう考えても無理でしょ」

半笑いで美波は答えた。自分には革パンかジーンズしか似合わないし、これまで化粧すらろくすっぽしたことがなかった。たいてい朝は固形石鹸で顔を洗って、そのあと安い化粧水と乳液をつけておしまいだ。時間があったり気が向いたりしたときは、アイメイクと口紅ぐらいだろうか。

「とりあえず予約しとこうか」

「いいって。無理無理。だいたい、それっていくらかかるの?」

そんな気はまったくないのに、金額をたずねる自分はなんなんだろうと思いつつ、美波は聞いていた。

芹菜は去年パーソナルカラー診断をしたらしく、確かこれぐらいだったと金額を教えてくれた。その金額が、はたして高いのか安いのか、美波にはわからなかった。でもその金額で、お気に入りのブラックジーンズは買える。

「いいいい、このままでいいから」

「ふうん。いいんだあ？」

芹菜が疑わしげな視線で美波を見た。


美波のパーソナルカラーは、サマーだった。

「クールビューティ！　誰もが振り返りますよ。目に見えるようです」

はずんだ声で繭子《まゆこ》が言う。繭子はイメージコンサルタントで、たった今、美波のパーソナルカラー診断が終わったところだ。

芹菜に打診されて、一度は断ったコンサルティングだったが、うまく乗せられて、結局受けることになったのだった。芹菜のせいにしているが、実際は自分も気になっていた。イメージチェンジ後の自分がどうなるのか、興味がないと言ったら嘘になる。

「繭子センセー。本当は買い物コンサルも頼みたいところなんだけど、この子、金欠なの。だから、わたしが選ぼうと思います」

芹菜がはきはきと言う。

「なので、どんな服がいいか教えてもらっていいですか？」

美波はにわかに不安になった。そんなことを聞いていいのだろうかと思ったのだった。営業妨害ではないだろうか。芹菜は、かわいらしい外見からは想像できないほどのたくましさを持っている。美波は不安げに繭子を見た。

「もちろんいいですよ」

繭子は拍子抜けするほど簡単に請け負ってくれた。美波は繭子をまじまじと見つめてしまった。いい人だなあと思ったのだ。

美波は今日ここに来て、はじめて繭子を見たとき、瞬時に畏《おそ》れのような感覚を抱いた。繭子は美波よりは少しだけ背が低いが、背筋がぴんと伸びていて、頭の先からつま先まで一分の隙《すき》なく整えているように見えた。三週間に一度は美容院に行ってカラーリングとトリートメントをし、上下おそろいの高級な下着を身に着け、足先のケアまで怠《おこた》らずに常にきれいなジェルネイルをしているイメージだ。

この人は自分に絶対的な自信がある女性だと、美波はひと目で見当をつけ、自分の人生には、おそらく一生関わりなかったであろう、繭子のようなエレガントかつセレブっぽい人種に、緊張し警戒した。

が、話してみれば、たいそう気さくな人だった。外見で判断する人間を忌《い》み嫌っているくせに、自分が実はそうしていたことに気付いて反省した。

それから繭子は、美波に似合う服装を次々と提示してくれた。ぼけっとしている美波の横で、芹菜がすばやくメモを取っていく。

「自分が着たい服と似合う服って、たいてい違うんですよ。今言ったのは、美波さんの魅力を最大限に引き出して生かしてくれる服です」

なるほどー、と芹菜が合の手を入れる。

「美波さんはロック系の服がお好きなんですね」

「はい、ずっとこういうテイストできたので、今さらという感じもあります……」

美波がそう答えると、芹菜にぎゅっと腕をつねられた。繭子が笑う。

「好きなバンドとかあるのですか」

繭子にたずねられ、もじもじていたら、また芹菜につねられた。

「……ええっと、リザードシャドウっていうバンドを応援しています」

「リザードシャドウ……。ごめんなさい。はじめて聞きました」

「まだメジャーデビューしてないんです。ライブハウスで演奏して、デビューに向けてがんばっているところです」

そうなんですか、と繭子がうなずく。

「わたし、スコーピオンズをよく聴いてました。ご存じですか」

「もちろんですっ！」

前のめりになって美波は答えた。繭子がスコーピオンズを聴いていたとは驚きだ。

スコーピオンズのデビューは一九六五年。美波の親よりもかなり上の世代だが、ハードロック、ヘヴィメタルの重鎮《じゅうちん》であり、美波もよく聴いている。

「……誰それ？　はじめて聞いた」

と、つぶやいたのは芹菜だ。美波はあっさりと無視する。

「彼らの哀愁ただようメロディライン、いいですよねえ！　バラードも最高です！」

「ですよね！　悩み多き中学時代に聴いていたので胸に沁みました」

「中学時代？　早熟じゃないっすか！」

「わたし、父の仕事の関係で、中学時代ドイツに住んでいたんですよ。近所の友達のお父さんがスコーピオンズが好きで教えてくれたんです」

スコーピオンズはドイツ出身のロックバンドだ。

「ドイツいいですねえ！　わたし、洋楽LPを扱っている店で働いてるんですけど、スコーピオンズ大人気ですよ。ジャケットがまたかっこいいんすよね！」

「ええ、ええ。いろいろと物議を醸《かも》しましたものねえ」

藺子がすべてを承知しているように言うので、美波は藺子と顔を見合わせて、共犯者のように微笑《ほほえ》み合った。

「『ヴァージン・キラー』のジャケットセンスとかもう最高っ！　発禁扱いになっちゃったけど、あれは究極の芸術作品ですよ！」

美波が唾を飛ばす勢いで言うと、繭子もおおいにうなずき、

「発売禁止がなんぼのもんじゃいっ！」

と、いきなり叫んだ。美波はびっくりして芹菜と顔を見合わせ、ぽかんと繭子の顔を眺めてしまった。

「これは大変失礼いたしました……」

繭子が頭を下げたとたん、美波は、ぶはっ、と吹き出した。

「ひーっ、せんせー、おもしろいっすう。興奮しすぎだし！」

大笑いしながら、美波は言った。

「……面目ないです」

繭子が肩をすくめるので、またひとしきり笑った。

『ヴァージン・キラー』はスコーピオンズの４thアルバムだ。ジャケット写真が児童ポルノだとして発禁扱いとなった。他にもスコーピオンズのジャケットは問題になるものが多く、ジャケットの差し替え措置もよくあった。

「ちょっとちょっと、二人でコアな話題で盛り上がらないでくれます？」

わざとふくれっ面を作って芹菜が言うが、繭子の意外な一面を垣間見たせいか、

どことなくたのしそうだった。

「ごめんなさいね。つい盛り上がっちゃって」

藺子が言い、美波は、「芹菜も聴いたほうがいいよ」と声をかけてみたが、芹菜は呆《あき》れたように首を振り、

「そんなことより藺子センセ。美波の髪型、なんとかなります？」

と、話題を戻した。確かに、そろそろ美容院に行こうと思っていた頃だった。刈り上げ部分が伸びて、だらしなくなっている。

藺子はうなずいて、メモになにやら書きはじめた。

「このメモを持っていくといいと思います。ここに美波さんに似合うヘアスタイルを書き記しました。わたしが信用している美容院名と美容師さんの名前も一応書いておきますが、ご自分の気に入ったお店でいいと思います。このメモを見せてもらえればバッチリです」

そう言って藺子がメモを美波に渡し、親指をぐいと突き出して掲《かか》げた。美波は思わずのけぞってしまったが、すぐさま同じように親指を突き出して、イエーイ！と言っていた。

藺子のマンションをあとにし、美波は、芹菜に半ば引きずられるようにして、店

に向かっていた。

「服はまだいいよー。そんなお金ないしさ」

「似合うカラーやタイプがわかったのに、服を変えないなんて意味ないよ。あのさ、べつにブランドとかじゃなくていいの。量販店のやっすい服で充分なの。繭子先生、お店まで教えてくれたじゃない。今ちょうど最終セールだよ。行こ」

芹菜に連れられて行ったのは、誰もが知っている全国展開しているチェーン店だった。普段から安いのに、さらに特売の赤札がついている。百円単位のものまであって、こういう店にあまり来たことがない美波はびっくりした。普段の買い物は、古着屋さんが多い。

「予算一万円でいいよね。わたしがさがしてくるから片っ端から試着してみて」

芹菜が繭子から渡されたメモを見ながら、服をどんどん選んでいく。美波は言われるがままに着替えていった。

「めっちゃ似合う！　いいよいいよ！」

美波よりも芹菜のほうがテンションが高い。

「こんなのはずかしくて着られないよ……」

美波は、これまで自分が着ていた服とあまりにもテイストが違うので戸惑った。はたして、自分がこんなかわいらしい服を着てもいいのだろうか。あとから、とんだしっぺ返しが来そうだ。

「無理だよ……」

「なーに言ってんの。はいはい、次これね」

芹菜に尻を叩かれ、着せ替え人形のように何枚も服を着替える。

「わあ、別人！　美波、ほんとモデルさんみたいよ」

「ちょ、ちょっと、声がでかいよ」

芹菜が大きな声を出すので、試着室の前を通る人が視線を向けてくる。

「ほんと、すてきだよ！　いいなあ、美波。超きれい！　超かっこいい！」

自分ではなんともわからなかった。けれど、親友の芹菜がそう言ってくれるのだから、嘘ではないだろうと思う。何度も着替えているうちに、目が慣れてきたのか、面倒になってきたのか、大きな違和感はなくなっていった。

結局、繭子先生の助言通りの服を購入することとなった。自分では選べなかったので、芹菜が勧めるものを買った。九千九百八十六円で、セーター二枚、カットソー一枚、スカート一枚、パンツ一枚とコートまで買えた。

「あと、これはわたしからのクリスマスプレゼントね」

そう言って、いつのまに会計したのか、芹菜がロングブーツを美波に手渡した。

「ええ？　いいよ、わたしが払う！」

「超安くて悪いけど、もらってくれるとうれしいな。今日買ったスカートにすっごく似合うから」

結局押し切られるようにして、受け取ることになった。

「どうもありがとう、芹菜」

「赤坂くんとラブラブしてね」

くすぐったいような気持ちで、美波は小さくうなずいた。

はたして、これらの服を本当に自分が着られるだろうかと心配になったが、心のなかでは意外とたのしみにしている自分もいるのだった。

クリスマスイブに赤坂に会う前の練習として、美波はフェミニンな装いで仕事場に行くことにした。

「ど、どうしたんだっ⁉　一体なにがあったんだよ⁉」

美波を見て、店長は目を丸くした。

「やっぱ、変っすよね」

美波が言うと、いやいやいやいや、と首を振り、

「いいんじゃないの」

と、フォローしてくれた。

バックスリープでは専用の黒いシャツがあって、ボトムスは各自が持っているジーンズということになっているので、仕事中はさほど大きな変化はないが、それでもきちんとメイクをして髪型を変えた美波の雰囲気は、これまでとまるで違っていた。

芹菜と一緒に買い物に行った数日後、美波は美容院に出向いた。繭子が紹介してくれた店ではなく普段通っている美容院だったが、繭子のメモを渡してその通りにお願いした。短髪直毛の髪にパーマをかけ、オリーブアッシュにカラーリングを施《ほどこ》した。刈り上げ部分が伸びていたこともあって、パーマはうまくいった。ベティさんのようなベリーショートになった。案外似合っていたので、この髪型は気に入った。

アイメイクはいつも目を黒く縁《ふち》どるロックテイストだったが、安い化粧品をそろえ、繭子に言われた通りの手順を踏んでメイクをしてみた。要領がつかめずつい濃すぎてしまい、何度かやり直しを繰り返して、まあまあ見られるようになった。

「なんか別人みたいで、やりにくいなあ」

と店長に再三言われたが、それでも、なんとなく店長も気に入っている様子なのがわかった。心なしか、店に訪れるお客さんたちの反応もいいように感じた。最初はおっかなびっくりだったけれど、時間が経って慣れてきたらどうということはなかった。

よし、クリスマスイブはこれでいこう。美波はひそかに決意した。

クリスマスライブは大盛況だった。リザードシャドウはもちろんだが、オリオン初出演のガールズバンドが登場し、そのせいなのか男性ファンが多く訪れたこともあって、おおいに盛り上がった。

スイートダイナという名のガールズバンドで、メンバーはみな二十歳前後だが、高校時代から活動していたということで、ユーチューブではすでに話題らしく、固定ファンもついていた。お客さんが曲に合わせて一緒に踊るという、いわゆるオタ芸と言われるものまであり、美波は驚いた。

アイドル的な容貌でのメタルロックはインパクトがあった。作詞作曲はすべて自分たちで手がけている。まるで期待していなかった美波だったが、演奏が終わったときには盛大な拍手を送っていた。ギター、ベース、ドラムもよかったが、なによりボーカルの声が最高にすばらしかった。イカサマをしたチンピラにドスを利かせてすごむような野太い低音から、アルプス山脈の頂きを流れる川のように清らかで透き通った高音まで、一体どのくらいの高低差が出るのだろうかと、舌を巻いた。

今日のスイートダイナの衣装は着物の丈《たけ》を短くしたもので、長い帯とのバランスが絶妙だった。彼女たちは、自分たちの見せ方をよく知っていた。メンバー全員、自分たちが求められているものを熟知しており、自分たちが求めている音楽ジャンルで輝くためにはどうしたらいいのかを充分に知り尽くしている本物のプロだった。若さと外見だけで判断して、経験不足、実力不足などとは絶対に言わせないという意地が伝わってくる。

美波は感銘を受けた。オリオンで、はじめてリザードシャドウの音を聴いたとき以来の感動だった。

ライブが終わったあと、店長が美波にスイートダイナを紹介してくれた。私服に着替えた彼女たちはまだまだ幼さが残る顔立ちで、緊張気味に礼儀正しく、言葉を選んで話す姿はとても好感が持てた。

「ものすごくよかった！　メタルの進化系だよね！　歌詞は等身大の女の子なのに、曲はとびきりのロック。声がすごくよく通ってて、聴いてて気持ちよかったあ！　ガンガンのメタルなのに透き通ってるイメージなんだよね。これまでメタルとかあまり興味がなかった人たちもきっと好きになるよ！　もしかしたら、こんなのメタルじゃなくてポップスだ、とか言う人もこれから出てくるかもしれないけど、気にしちゃダメだよ！　これは完全なメタルロック！　ほんとすごいよ！　絶対売れるよ！　売れなきゃおかしい！　応援する！　応援させて！」

美波は興奮して一気にしゃべった。スイートダイナのメンバーたちは、美波の勢いに一瞬きょとんとしてから破顔した。

「そう言って頂けてうれしいです！　すごくきれいな人がいるなあって、ステージから見ていたんですけど、それが美波さんだったなんて。リザシャの記事書いてますよね」

ボーカルの希来里《きらり》に言われ、美波はぎくしゃくとうなずいた。

オリオンに着いたとき、マスターに「どうしたの？　心境の変化？」と、驚かれたのが数時間前のことだ。場違いな格好に向けられる視線に、最初のうちははずかしさで死にそうだったけれど、ライブに夢中になっているうちにすっかり忘れていた。

「……こんな服で来てすんません」

確かにライブハウスで、美波の服装はちょっと浮いていた。

「素敵です！　わたし、きれいな人大好きです」

希来里が言い、美波はなんと返していいかわからずに、ただ手をバタバタと振った。

丁寧にお辞儀《じぎ》をして帰っていったスイートダイナの後ろ姿を見ながら、

「なかなかいいよね、あの子たち」

と、マスターが目を細める。美波は大きくうなずいた。

オリオンで下積みをして、メジャーデビューできたバンドは過去にいくつかあった。彼女たちにもぜひともがんばってもらいたい。

「ねえ、マスター。今度あの子たちの記事書きたい。すっごくよかったから、ぜひ書かせてほしい」

「そう言うと思った」

マスターは笑ってうなずいて、デートたのしんできな、と付け足した。いろんなことがすっかりバレているようだった。美波は顔が熱くなったが、気にしてないふうを装って、はーい、とおどけて返事をした。


「あれ、美波さん、いつもとぜんぜん雰囲気が違う！」

ライブ終了後、赤坂と待ち合わせをし、開口一番にそう言われた。ライブ中、何度か目が合ったように思えたけれど、夢中で演奏している当人としては、それどころではないのかもしれない。特別だと思っていた自分がはずかしい。

「ごめん、やっぱり変だよね……？」

「いや、ぜんぜん変じゃないよ！　ちょっとびっくりしただけ。すごくいいと思う！　似合ってる」

赤坂がにこやかに言う。

「今日の美波さん、きれいなおねえさんって感じだから、一緒に歩くのが申し訳ない感じだけどね」

ステージ上では、髪を逆立《さかだ》てて派手なメイクをして、スパンコールを施したタンクトップに革パン姿だったが、今は革ジャンにジーンズという普段着だ。髪は肩まであって、美波よりも長い。

「そんなふうに思わせちゃって、なんだかごめん」

「ううん。だって、おれのためにイメチェンしてくれたんでしょ。うれしいよ」

「……うん」

美波は小さくうなずいた。カップル然とした会話が気はずかしくてたまらない。

「クリスマスだしね。やっぱ、女の子にとってクリスマスは特別なんだなあ」

そう言って、赤坂が美波の肩を抱く。赤坂は美波と同じくらいの身長だが、今日は芹菜がプレゼントしてくれたヒールのあるブーツを履《は》いているので、美波のほうが少し高い。

「こんな時間だから、居酒屋で悪いけど」

よくあるチェーンの居酒屋店に入った。とりあえずビールで、今日のライブの成功を乾杯し、それからメリークリスマスと小さく言い合って、ジョッキを合わせた。

「美波さん、まだ公《おおやけ》には言えないんだけど、実はおれたちレコード会社が決まったんだ」

「えっ」

「けっこうメジャーなレコード会社。ようやくデビューできる」

リザシャはつい最近、プロダクションと契約していたが、まだ本格デビューは決まっていなかった。

「わあ！　すごい！　おめでとう！」

「うん、ありがと」

赤坂が照れたように目を伏せる。美波は心からうれしかった。リザードシャドウがメジャーデビューできるなんて！　応援した甲斐《かい》があった。たくさんの人に、リザシャの音を聴いてもらいたい。

思えば、美波がメタルロックを好きになったのは、中学三年生のときだった。高校受験を目前に控え、周遅れの反抗期がやってきた。家中のものをぶち壊したい衝動に駆《か》られ、授業中でも大声で叫びたくなる瞬間が何度もあった。

自分で自分を持て余して、どうすればこの闇から脱出できるのかわからなかった。ただただイライラして、すべての人間が敵に思えた。そんなとき、深夜テレビで放送されていたロックフェスで、メタルロックに出合ったのだ。

アドレナリン噴出しまくりのメタル音楽は、美波を暗闇から見事に救い出してくれ、新しい世界に連れていってくれた。くだらない現世のことなんて、どうでもよくなるくらいにハマらせてくれた。

「リザシャの音楽を、たくさんの人に聴いてもらえるね」

「うん」

赤坂が喜びを嚙みしめているのがわかる。

「あっ、今日、メンバーと打ち上げ行かなくてよかったの？」

こんな大事なときに、と急に気になった。

「みんな彼女と過ごしてるよ」

「あ、そうなんだ」

そうか、メンバーにもちゃんと彼女がいるんだなと、今頃、彼らのプライベートについて思いをはせる。

「そうそう、今日のスイートダイナ聴いた？　めっちゃよかったよ」

美波が言うと、赤坂は眉をひそめて首を傾《かし》げた。

「裏で聴いてたけど、あれアイドルでしょ？　キモい客がたくさん来てたよね」

「見た目はアイドルだけど、曲はすばらしかったよ」

「そう？　美波さんがそんなこと言うなんて意外だな」

スイートダイナについて、赤坂とたくさん話したかったけれど、どうやら好みではなさそうだった。

「もっと本物志向のメタルじゃなきゃ意味がないような気がするんだ。あれはメタルとは言えないよな。ただのポップスロック？　歌謡曲？　そんな感じ」

「うーん、でも、マスターも推してたよ」

「はあ？　まじかよ。マスターもいいかげんもうろくしてきたな」

これ以上、彼女たちの話はしないほうがよさそうだと判断して、美波は話題を変えた。

美波は耳たぶをつい触ってしまうクセがあるが、今日は少し勝手が違った。いつも、リザシャのライブのときは、大ぶりのトカゲのピアスを両耳にしていくのだが、今日は小ぶりのブラックパールもどきのピアスをしているだけだ。今日の服装に、あのごついシルバーのトカゲピアスは似合わない。

「美波さん、これ」

赤坂が小さな箱を差し出す。

「え、なに」

「開けてみて」

美波はおかしく波打つ鼓動《こどう》を胸の内であやしながら、リボンがかかった箱を開けた。

「わあ……」

小さなルビーがついた指輪だった。ルビーは美波の誕生石だ。

「どうもありがとう」

「安くて悪いんだけど」

「ううん、うれしい」

美波がどこの指につけようかと逡巡していると、赤坂がすっと、左の薬指につけてくれた。どう反応していいかわからずに、うつむいてもう一度礼を言い、今度は美波からのクリスマスプレゼントを渡した。こういうとき、なにを贈ったらいいのかさっぱりわからなかったので芹菜に相談して、無難なところで財布にした。赤坂が好みそうな、鋲がついた長財布だ。

「いいね。さっそく使わせてもらうよ。ありがとう」

そう言って、赤坂が目の前で財布の中身を入れ替えはじめた。見るのは失礼だと思って、軽く視線をそらせていたが、気になるものがふと視界に入った。

「なにそれ？」

と、声をあげそうになるのをすんでのところでこらえた。コンドームなのだった。コンドームが二個入っているのだった。片側が透明になっている包装なので、中身の鮮やかな半透明ゴムのオレンジ色がよく見えた。男性というのは、こういうものを常に携帯しているのだろうか。複雑な気持ちになる。

二人でよく飲んでよく食べたあと、店を出た。

「雪が降るかもしれないって天気予報で言ってたけど、今晩はもちそうだね」

赤坂の言葉に、美波はうなずく。外は寒さを増していた。星は見えない。

赤坂と付き合う前は、天気の話でこんなふうに殊勝《しゆしよう》にうなずくことなんてなかった。リザシャのファンではあったけれど、それはバンドのパフォーマンスや楽曲が好きということで、美波はいつでも冷静に一歩引いた目線でリザシャの活動を見ていたし、メンバーと個人的に接することもなかった。ところがどうだ。今となっては赤坂ばかりが気にかかる。

赤坂がすっと、美波の手をとった。手をつないで歩くということが、これまで一度もなかった美波は緊張した。

「おれのうちで飲み直そう」

赤坂の言葉に、美波はうなずいた。

その日美波は、赤坂のマンションにはじめて泊まった。混雑する電車での、サラリーマンおやじたちからの攻撃を受けずに、ストレスを感じずに済んだ。

美波のイメージチェンジは好評だった。

「もしかして、モデルさんとかですか」

などと、たまにお客さんから聞かれることがあって、そのつど美波は、飛び上がらんばかりに驚いてしまうのだが、悪い気はしなかった。

美波は長い間、自分の容姿にコンプレックスを持っていた。背は高いが特に運動はしてこなかったし、一重《ひとえ》まぶたの細い目のせいで、第一印象は「怖い人」と必ず言われていた。

小学生の頃のあだ名は「おとこおんな」で、中学生の頃は岸田劉生《きしだりゅうせい》の麗子像に似ているということで「麗子」、高校生のときはそのまんまの「メタル」だった。

高校生の頃から、いつも細身のブラックジーンズに白か黒のTシャツ。Tシャツはドクロや女の裸やロックバンドのプリント柄なので、ひと目見てロック系だとレッテルを貼られた。むろん美波はそれでよかったし、むしろそう思われたかったし、なにより自分が好きだから、誰にどう思われようとどうでもよかった。

けれど、イメチェン後のまわりの反応のよさは、美波が想像だにしないものだった。どうせ、なにを着たってどんな化粧をしたって、似合わないだとかオカマだとか言われるのがオチだと思っていたが、反対だった。みんないたわるようなやさしさで、美波に接してくれるのだった。不思議な現象だった。

口コミで広がったのか、スイートダイナが出演したオリオンの新年ライブは、クリスマスライブの倍ほどのファンがやって来て、会場はすし詰め状態だった。今回リザードシャドウは出ておらず、ほとんどが無名の新人バンドばかりだったのに、これほどの集客力があるとは、とマスターも驚いていた。

スイートダイナのファンは、アイドル路線の人も多かったが、なかには正統派ロックファンらしき男性や女性もいた。やはり、彼女たちの音楽は本物なんだと、美波はうれしく感じた。これから、もっともっと多くの人に知ってもらいたい。

「美波さん、こんにちは。あ、こんばんは、かな」

声をかけてきたのは、スイートダイナのボーカルの希来里だ。

「店長さんに聞きました。今度、美波さんがわたしたちの記事を書いてくれるって」

「うんうん。絶対書きたいと思って立候補したの」

「感激です！　どうもありがとうございます！　とってもたのしみです」

目を輝かせて、希来里が言う。

「今日のライブも最高だったね！　ファンの人たちの熱気もすごかった！」

「本当にありがたいです」

「あれ、他の子たちは？」

「帰りましたー。美波さんに、記事のお礼をどうしても言いたかったので、スイートダイナを代表して、わたしが待っていました」

　そう言って舌を出して笑う希来里は、とてもチャーミングだ。

　そのあと美波は希来里を誘って、ご飯を食べに行った。ご飯と言ってもファミレスだ。お腹が空いたと言って、食欲旺盛《おうせい》に食べる希来里を見て、妹がいたらこんな感じなのだろうかと思ったりした。

「今日の衣装もよかったね。クリスマスのときのとは違うものだよね」

　今日のスイートダイナの衣装も着物を短くアレンジしたものだったが、前回のものとは別のものだった。今日はそれぞれが異なる無地の着物で、帯が大きなリボンになっているのがかわいかった。

「衣装は三パターンあるんですよ」

「着物でいくって決めてるの？」

「うーん、そのあたりはまだ迷走中なんですけど、今のところは和でいこうかなって考えてます。あとは袴《はかま》とか。海外でも通用するように考えてるんです。ベタですけど、やっぱり着物ってニッポンって感じしますよね」

彼女たちが、将来についてきちんと考えていることが、美波にはうれしかった。

「いいと思う！　わかりやすいのって大事だもの。袴もかっこいいよね」

「衣装は、それぞれのカラーを主体としているんです。メンバーを色で覚えてもらえれば、ファンの人たちにもわかりやすいかなあって」

そういえば、今日のファンの人たちは、赤、黄、ピンク、紫の扇子《せんす》を持って振っていた。

「なるほどね。色でファンの人たちを判別できるしね。ナイスアイデアだね」

「美波さんにそう言ってもらえると、ほんっとうれしいです。みんなで、これからもっとインパクトのある衣装をがんばって作ります！」

希来里がピースサインをする。

「え、もしかして衣装って、手作りなの？」

「もちですよー。安い既製品の着物をリフォームしてるんです」

驚いた。あの衣装を自分たちで作っているなんて！

「すばらしいクオリティだね！　わたし、裁縫方面まったくできないから尊敬しちゃうよ」

美波は心底、希来里たちを尊敬した。妥協を許さない女の子たちの、まさに鋼のメタルバンドだ。

食事をしながら、好きなバンドの話をしたり、ロックバンドを組むきっかけについてたずねたり、リザードシャドウの音楽について語ったりした。今後のスイートダイナの夢のような展望に向けて、二人でおおいに盛り上がった。

「リザシャのなかでは誰のファン？」

美波はなんとなく気になって聞いてみたが、希来里の返事は、「特にいないです」だった。

「特定の人が好きとか、そういうのはなくて、リザードシャドウというバンドが好きなんです。曲というか音楽が」

「……だよね。へんなこと聞いてごめん」

美波は、つまらないやきもちに先手を打つような質問をしてしまった自分が情けなかった。

希来里と駅で別れて、帰路につく。毎度のことながら、電車のなかは酒臭いサラリーマンたちでごった返していた。ドア付近は混み合うので、美波はいつものように中央付近まで進みたかったが、まったく動こうとしないおやじがいて往生《おうじょう》した。すぐに降りられるように、ドア付近から離れずに陣取っているその図々しさに腹が立つ。

美波はイヤホンをして、メタルをキメる。マフラーを鼻先まで上げてサラリーマンたちの臭いをシャットダウンし、ロックの世界に入り込む。自然とリズムを取って揺れ出しそうな頭を制して、イメージのなかでがむしゃらにヘッドバンキングをする。叫び出しそうな口にチャックをして、ぎゅうっと目をつぶってこらえる。

大きな駅で、たくさんの乗客がなだれ込んできた。隣の人との隙間はほとんどない。いろんな臭いと音がする。女の子たちの悲鳴のような笑い声にびくっとして目を開けたら、目の前に座っているおじさんが視界に入ってきた。おじさんは、鼻の穴に人差し指を突っ込んでいる。

うへえ……。まじか……。

美波は、げんなりと大きなため息をついた。鼻から指を抜いたおじさんは、指先をじっと見つめたあと、親指と人差し指でこすって、そのあと両の手を軽く叩いて払った。

ひいいっ！　鳥肌が立った。信じられない！　不潔すぎる！　公衆の面前で鼻くそをほじくって、しかもそれをさりげなくばらまくなんて！

美波は、鼻くそおやじから少しでも離れたかったが、混んでいてまったく身動きが取れなかった。そうこうしているうちに、美波がこの世でもっとも忌み嫌っている、あの音が聞こえてきた。妖怪チョッチョおやじだ！　チョッチョおやじが、この車両のどこかにいて、チョッチョッと口腔内を鳴らしている！　最悪だ！

美波はスマホのボリュームを上げた。上げたのに、なぜかチョッチョ音だけは聞こえてくる。なんというあつかましさなのか！

誰かのカバンが、美波の尻にガツンと当たった。混んでいるため振り向くことができなかったが、見なくてもその形状はわかる。例の、四角いデカカバンだ！　ものすごい硬さだ。凶器だ。これが頭にぶつかったら即死だろう。

美波はイヤホンから流れる音だけに集中して、最寄駅まで耐えた。

リザードシャドウがレコーディング準備に入ったと赤坂から聞き、美波は飛び上がって喜んだ。赤坂の住んでいるワンルームマンション。近頃はこうして部屋でのんびり過ごすことが多い。

「でも、なんとなくうまくいかない感じでさ」

聞けば、ボーカルの岡田とギターの佐山がやり合ったらしい。

「スタッフさんが呆れちゃってさ……」

「ケンカの理由は？」

心配になって美波はたずねた。

「まさか、ここまで来ての音楽性の違いとか？」

美波の言葉に、赤坂はしずかに首を振った。

「岡田のペットボトルのお茶を佐山が飲んだんだ」

「はあ⁉　そんなことでケンカしたの？」

「うん、ほら、岡田は潔癖症気味のところがあるから」

「でもだからって、こんな大事なときに！　赤坂くんがまとめなきゃ！」

美波は気が急いて、少し声のボリュームが大きくなった。

「そりゃ、まとめたさ」

「仲直りしたの？」

「……さあ」

美波と赤坂が向かい合って座っている小さなガラステーブルには、アイアン・メイデンのステッカーが貼ってある。

「さあっ、て！　しっかりしなきゃダメじゃない！」

美波は前のめりになって、メイデンのステッカーに手をついた。

「うるさいなっ！　現場にいない人間が勝手なこと言うなよ！」

赤坂が美波をにらんで声を荒らげた。

「あ、ああ、そうだよね、ごめん……」

はじめて見せる赤坂の態度に驚いたが、美波はついむきになってしまった自分を反省した。はじめての経験で、リザシャのメンバーも不安が募《つの》っているに違いなかった。自分は部外者なのだから、余計な口出しをするのはやめようと思った。

「いや、こっちこそごめん。大きな声出して……」

　赤坂がうつむく。

「大丈夫。きっとうまくいくよ」

　美波は笑顔でそう言った。心からそう思っているし、そう願っている。

「あ、そうだ、美波さん。スイートダイナの記事書くってほんと？」

「うん、ほんとだよ」

「なんで？」

「好きなんだよね。はじめてリザシャを見たときと同じような感覚があったから」

「はあ？　一緒にしないでほしいな」

「ごめんごめん。もちろん方向性は違うんだけど、ああいう感じもいいと思うんだ。彼女たちの存在でメタルが広がるよ、きっと」

「あんなのメタルじゃないだろ。ただのＣ級アイドルだ」

「……うん、アイドル性もあるよね」

　そうだった、赤坂はスイートダイナを認めていないのだったと、クリスマスライブのときのことを、今になって思い出した。美波はそこで口をつぐんだが、でもきっと赤坂だって、ちゃんと真正面からスイートダイナの演奏を見聞きしたら、考えは変わるだろうと思えた。けれど、それを今言ってもしょうがないこともわかっていたので、結局黙った。

「そんなんじゃなくてさ、おれたちの記事を書いてよ」

「だって、オリオンでは、しばらくライブないんだよね」

「うーん、まあ、そうだけどさ。とにかくその、なんだっけ？　インチキアイドルバンドの記事は書かないでほしい。第一そんなの書いたら、美波さんの評価だって下がるよ？」

うーん、と頰杖《ほおづえ》をついてうなっている美波の腕に、赤坂が触れる。

「美波さん、来てよ」

赤坂の後ろにはベッドが置いてある。美波は乞われるままうなずいて、しずしずと赤坂の隣に移動した。


スイートダイナは、すっかりオリオンの常連バンドとなった。彼女たちが出演すると客の入りもいいらしく、マスターも喜んでいる。

美波はもちろん、スイートダイナの記事を書いた。ハンパない熱量の原稿となった。

「さいっこうの記事でした！」

　メンバーに涙ぐんで礼を言われ、美波のほうこそ感極《かんきわ》まってしまった。希来里をはじめ、スイートダイナのメンバーはいつだって全力だ。

「希来里ちゃん、体調はどう。その後大丈夫？」

　先日のライブのあと、希来里が倒れてしまい救急搬送《はんそう》されるという事態があった。検査結果は特に異常はないということで、疲労のひとことで片付けられてしまったが、美波は心配だった。

「ぜんっぜん大丈夫です！　もともと貧血気味なんですよ。こないだは二日目だったんで」

　二日目というのが生理のことを指していることに、少しの間を置いて気が付いた。なんだかよくわからない感情が押し寄せてきて、美波のほうが照れてしまう。

「新しい衣装も作ったんですよ。袴仕様です」

　そう言ってスマホの写真を見せてくれた。

「袴のサイドにスリット入れたんです。生足チラ見せで色っぽくないですか？　着物もたすき掛けにしようかなって考えてます。どうですか？」

「すっごくいい！　かっこいいし、かわいいよ！　袴って勝負って感じがするしね！　スリットなんて、ファンはよだれものでしょ！　袴の色がメンバーのイメージカラーなんだ。うん、いいね」

「きゃーん、美波さんにそう言ってもらえると、とってもうれしいです。美波さんに喜んでもらえるのが、今のわたしのなによりの幸せなんです」

希来里が美波の横でぴょんと跳ね、その瞬間シャンプーのいい香りがふいに鼻をくすぐった。思いがけず、ドキッとする。

「こ、これもみんなで手を加えて作ったんでしょ。ほんっとすごいね」

すごいすごい、と繰り返す自分がばかみたいだった。

「来週のライブで着ますので、絶対見てくださいね」

そう言って希来里が美波の手をとった。

「うん、たのしみにしてるね」

美波はどきどきする心臓を無視して、可憐な小鳥のような希来里を出口で見送った。

「スイートダイナのライブに、音楽関係者の人がけっこう来てるんだよね」

マスターが言う。

「彼女たちには、売れる要素がたくさんあるよな。あ、美波のスイートダイナの記事も評判いいよ。いつもは一回しか刷らないけど、今回は刷り増した」

「ほんと？　うれしいなあ」

「もしかして、美波にもそっち関係の仕事依頼が来るんじゃないか」

マスターが言っているのは、音楽ルポや評論のことらしかった。
「あはは、まさかあ。わたしなんてド素人だもん」
マスターはふっ、と笑って、
「みんなが自分の好きなことを仕事にできるといいなあ」
と言った。おれみたいに、と。

今日の電車は特に混んでいた。すぐには身動きできないほどの混雑ぶりだ。美波はうんざりしながら、つり革につかまってイヤホンから流れる音楽だけに集中した。

家賃が少しでも安いところと思って、都心から離れたアパートに住んでいるが、来年あたりは引っ越そうかと、最近本気で考えている。職場と「オリオン」の中間地点辺りが理想だ。

美波がイメージチェンジをしてから、電車のなかでの視線があきらかに変わった。以前は、ロッカーっぽい格好をしている美波をさもばかにしたように眺めるおじさんたちが多かったが、今はむやみやたらな不躾《ぶしつけ》な視線を感じる。

美波は一切の視線を無視して、背筋を伸ばす。繭子に猫背を指摘されてからは、なるべく自分でも気を付けていた。

（あれ……？）

なんだか尻がもぞもぞする。また例の四角いカバンだろうかと思いつつ、美波は不穏な気配を感じていた。

（え？　なにこれ……）

あきらかに、カバンではない感覚だった。

（うそ……？　もしかして痴漢？）

妙な動きで、美波の尻を這っている誰かの手を確かに感じた。思い切って振り返ってみたが、背広姿のおじさんたちがぼうっと突っ立っているだけだった。このなかの誰かが触っているのだろうか。

（えっ……）

スカートが上にまくられていく感覚があった。タイツは穿いていたが、今日は膝上のスカートだ。

（いやだ！　やめてよっ！）

得体《えたい》の知れない恐怖がせり上がってくる。声を出そうにも、喉がつかえたようになって、出てこない。助けて！　誰か助けて！　心のなかで美波は叫んだ。恐怖と気持ち悪さで卒倒しそうだった。

痴漢に遭ったことなど、これまで一度もなかった。生まれてはじめての体験だった。膝が震え、冷や汗が噴き出してくる。

（やめて！　助けて！　誰か！　やめてやめてやめてやめて！）

声にならない声で叫びながら、美波は一歩も動くことができなかった。

次の駅に着いたとたん、美波は意を決して足を動かし、飛び出すように電車を降りた。心臓が壊れるほど、ばくばくと波打っていた。永遠とも思えるほどの時間だった。

美波は駅のベンチに座り、込み上げてくる涙を拭《ぬぐ》いながら赤坂に電話を入れたが、電話に出られない状況にいるらしく、話すことはできなかった。美波はわけもわからず、そのまま震える手で芹菜に電話をした。芹菜はすぐに電話に出てくれた。美波は、今起こったおぞましい出来事を息せき切って話した。

芹菜はひどく心配してくれ、駅まで迎えに来てくれると言ったが、こんな時間にそんなことをさせるわけにはいかなかった。

芹菜は頻繁《ひんぱん》に痴漢に遭うそうで、一度あまりにも頭にきて、相手の手をつかんだらしかったが、強い力で跳ね返され、怖くなってしまったという。泣き寝入りする自分が情けないと言った。

「最低の男たちだよ。自分たちより力の弱い人間をいじめて、たのしんでるの。ほんとあいつらには死んでほしい」

怒りを圧縮したような声で、芹菜が言う。

「美波、すごいショックだったよね、かわいそうに。わたしも最初は怖くて気持ち悪くて吐きそうになったもん。あのさ、美波はひとっつも悪くないんだよ。声出せないのわかる。やめてくださいとか言える人は、本当にひと握りだよ」

芹菜になぐさめられて、一度は止まった涙がまたあふれてきた。

もう電車に乗る気にはなれなかったので、美波は降りた駅からタクシーで帰った。


帰宅後、美波は風呂場に直行し猛烈に身体を洗った。前に芹菜からもらったアカスリスポンジがあったので、それで思い切り身体中をこすった。洗っている間はまったく感じなかったが、風呂から出てしばらくすると、身体中が痛くなり、全身にオロナインH軟膏《なんこう》をつけることになった。

自分の身に起こったことを思い出すと、寝るに寝れず、実家からくすねてきたウイスキーに手をつけたが、それでも怒りと気持ち悪さで目が冴えてしまい、まったく寝つけなかった。そうこうしているうちに、赤坂からＬＩＮＥが入った。

――電話出られなくてごめん。なにかあった？

美波はそのまま赤坂にＬＩＮＥ通話をした。

「あー、もしもし。美波さあん」

と、出た赤坂の声があやしかった。どうやら飲んでいるようだった。

「今日はレーベルの人と打ち合わせがあってさー。遅くなっちゃった」

「そうなんだ、お疲れ様。あのね、赤坂くん……」

「んー？　なに、どうしたの、深刻な声して」

「……わたしね、今日、電車のなかで痴漢に遭った」

そう言ったとたん、悔し涙がにじんだ。なぜなにも言えなかったのだろう、と自分が悔しくて仕方なかった。

「痴漢⁉」

赤坂が甲高《かんだか》い声を出した。それから、ぶはっ、と吹き出した。美波は驚いた。

「え、なんで笑うの……？」

「いやいや、ごめん。なんか酔っぱらっちゃっててさー。痴漢かあ。はじめてだったの？」

うん、と小さく返した。

「そっかあ、それはショックだよね。でもさ、それって、ある意味勲章じゃない？」

「は？」

美波にはまったく意味がわからなかった。勲章とはどういうことだろうか。

「だって、それだけ魅力があったたってことでしょ？　触りたくなるっていうさ」

頭のなかが混乱して、まったく言葉が出てこない。そんな考え方があるのだろうか。赤坂の言っていることは、ある種の正しさなのだろうか。そんなふうにほんの一瞬思ってしまうほど、赤坂は当然のことのように言ったのだった。

めまぐるしく思考が行ったり来たりする。いや、正しいわけがない。魅力があることと、痴漢されることがイコールなわけがない。

「あれ、もしもーし、美波さん？」

黙ってしまった美波に、赤坂がとぼけた声を出す。美波はふつふつと怒りがわいてきた。

「痴漢されたことがいいことなわけないよね？　わたし、ものすごいショックだったんだよ。電車が怖くてタクシーで帰ってきたんだよ」

そう言ってから、高額なタクシー代を思い出し、猛烈に腹が立ってきた。

「ごめんごめん。わかるよ。そりゃあ、ショックだったよね。でもさ、これで人並みっていう考え方もあるわけじゃない。いろんな経験してこそ、当事者の気持ちもわかるでしょ」

美波はまた頭のなかが混乱した。そうなのだろうか。本当にそんな考えもありえるのだろうか。

「とにかくさ、その人は美波さんをどうしても触りたくなっちゃったんだよ。それは美波さんが魅力的だったからだよ。仕方ないじゃん。まあ、大事《おおごと》にならなくてよかったよ」

「大事って？」

「そりゃあ、まあ、ご想像にお任せするけどさ」

それからも美波の問いかけに、赤坂は同じような返答を繰り返し、おれの意見はまったくおかしなものではないと、やんわりと言い続けた。美波はひどく消耗し、消化不良のまま電話を切った。

窓を開けると、二月のつめたい空気が流れ込んできた。空を見上げると、幼い子の爪を切ったような三日月が見えた。いくつもの星の瞬《またた》きが見える。こんな都会の片隅でも美しく輝いている。思い切り息を吸い込むと、喉がぴりっとして、肺に新鮮な空気が送り込まれるのがわかった。

美波はしばらく冬空を眺め、顔がすっかり冷えたところで窓を閉めた。そして唐突に気が付いた。

わたしは赤坂のことが好きではない、と。

「なんだ、元に戻したのか」

ノーメイクで、野暮《やぼ》ったいロングコートとダメージジーンズで出勤した美波を見て、バックスリープの店長が言った。

「……時間がなくて」

と美波は答えた。目の下にクマを作った美波を見て、なにかを察知したのか、店長はそれきりなにも言わなかった。

昨日はあれから一睡もできなかった。赤坂のことを好きではないと気付いた美波は、それまでの赤坂との関係を反芻《はんすう》したのだった。

赤坂と付き合うまでは、リザードシャドウのライブを観て思ったことや曲について、真正直にメンバーに伝えていた。ときには厳しいことを伝えることもあった。けれど、赤坂と付き合いはじめてからの美波は、冷静にリザードシャドウを観られなくなっていた。赤坂ばかりを追ってしまい、赤坂から目が離せなくなっていた。それは、自分が赤坂のことを好きだからだとばかり思っていたが、違う、そうではない。彼氏がいるという状態を守りたくて、赤坂におもねっていただけだったのだ。そして、そんな美波の態度が赤坂を助長させていた。

なんて愚かだったのだろうと、美波は思う。浅はかでからっぽの、つまらない人間に成り下がっていた。

昨夜の痴漢についての赤坂の考えには、反吐《へど》が出る。なにが魅力があるから痴漢に遭うだ！　卑劣な暴力行為は、自分より力の弱いものにしか向かわない！　赤坂のような男がいるから、痴漢行為が漫然とはびこっているのだ！　ああいう考えの男がいる限り、痴漢など未来永劫なくなるわけがない！

身体は疲弊していたが、美波の頭は冴え渡っていた。身体の芯から、熱い火柱が立ち上り、めらめらと燃えていた。

「わたし、赤坂くんとはもう付き合えません。別れます」

その翌日、美波は赤坂をオリオンに呼び出し、会うなりそう告げた。

「なに急に。あ、電話のこと？　ごめん、あれはほら、酔ってたからあんまり覚えてないんだよね」

半笑いで赤坂は答えた。

「とにかく別れますから。さようなら」

「ちょ、ちょっと待ってよ」

赤坂に腕をつかまれ、美波は思いきりその手を振り払った。

「悪いけど、赤坂くんの考え方にはついていけない。わたしは、あんたみたいな人間が許せない」

「はあ？　なんだよ、その言い方」

にわかにいきり立つ赤坂の前で、美波はルビーの指輪を外し赤坂に突き出したが、赤坂が顔をそむけ受け取らなかったので、近くにあったゴミ箱に放り投げた。

「なっ……！」

赤坂は顔色をなくし、このクソ女が……、と、つぶやいた。

「リザシャのことはこれからも応援するけど、それと赤坂くんとはまったく関係ないから勘違いしないでね」

「はあっ？　ふざけんな」

「赤坂くん、これから、スイートダイナのライブがあるから観ていけば。すごくいいよ」

美波は穏やかな口調で言ったが、赤坂はそのまま猛然とした足取りで出て行った。赤坂と個人的に会うのは、二度とごめんだった。

スイートダイナのライブは今日もすばらしかった。新曲を披露して、おおいに盛り上がった。衣装は前に写真で見せてもらった袴で、これまでの着物と違い躍動感があって彼女たちにとても似合っていた。

「あれ、美波さん。いつもと感じが違いますね」

ライブ終了後、希来里に言われた。今日の美波は、ブラックジーンズに、ぴたっとした白いTシャツに革ジャンだ。Tシャツには、ドクロから血が噴き出している刺繍《ししゅう》が施してある。化粧もまったくしていない。

美波は、服装を元に戻したのだった。繭子に提案してもらい、芹菜に選んでもらった服は、すべてまとめてゴミ袋に入れた。痴漢に遭ったこととは関係ない。被害後の赤坂とのやりとりがきっかけではあったが、痴漢被害と服を元に戻したことには因果関係はない。被害者が変わる必要はないのだ。ミニスカートが好きなら、穿き続ければいいのだ。好きな服を着る自由は誰にでもある。

ミニスカートを穿いているから痴漢に遭うと言うなら、金物店は強盗に包丁を用意するために店を開けているというのか？　ばかな。美波の実家は金物店だ。生真面目な両親が地域の人のために、日々真面目に商売をしている。ミニスカートを穿いているから痴漢に遭うなどという輩《やから》がいたら、そいつが痴漢の真犯人なのだ。

確かに外見を変えたことにより、評判も見た目もよくなったかもしれないが、自分好みの服装ではなかった。赤坂のことを好きではないと気付いたと同時に、服装についてもすとんと腑《ふ》に落ちたのだった。繭子先生は、「着たい服と似合う服は違う」と言っていたけれど、不自然に自分を変えるより、わたしは自分の好きな服を着続けたいと美波は思った。誰がなんと思おうと、好きなものは好きなのだ。

近いうちに芹菜に謝らなければいけないなあと美波は思ったが、芹菜はきっと、笑って許してくれるだろうこともわかっていた。

「うん、実はこれが本来のわたしなんだ。こういう格好が好きなの」

美波は、希来里に向かって笑顔で答えた。

「かっこいいです！　ロックですね！　美波さんっぽいです。わたしはこっちのほうが断然好きです」

希来里が照れたように言い、思わず目が合って互いにしばらく見つめ合った。

「……ヤバいかも」

「やだ、どうしたんだろ。なんだかドキドキしちゃいま……」

美波と希来里はほぼ同時に言い、二人で目をしばたたいた。

「これ、もしかしたら恋かもしれないです。わたし、美波さんに恋しちゃったかも」

希来里が面と向かって、堂々とそんなことを言う。美波はそんな希来里がまぶしくて、すんでのところで泣きたくなる。

「今度、デートしよ」

美波の口から明るい声が出た。

「はいっ、ぜひ！」

頬を赤くして希来里が答え、美波は新しいドアが開いたような気持ちになった。誰に言われるでもなく、自然と背筋が伸びた。美波は胸を張って歩きたい気分だった。これまでの不毛な恋愛に終止符を打つべく、濃い霧が瞬く間に晴れ渡っていくような感覚だった。


「オジー・オズボーンある？」

スーツ姿の年配のお客さんがレジ前に立っている。

「あ、はい！　『悪魔の囁《ささや》き』ですか」

「いや、『ブリザード・オブ・オズ』」

「『血塗られた英雄伝説』ですね。ありますよ」

六坪ほどの店内。なにがどこにあるかは把握《はあく》している。

「これです」

美波がLPレコードを手渡すと、お客さんはメガネの奥の目を細めて、「そうそう、これこれ！」とうれしそうに相好《そうごう》を崩した。

「ひさしぶりに聴きたくなって家中さがしたんだけど、見つからなくてさ。懐かしいなあ。高校生の頃を思い出すよ」

平日のこんな時間に来店されるとは、営業職かなにかだろうかと美波は勝手な憶測をする。

「ギターのランディ・ローズ知ってる?」

お客さんにたずねられ、美波は、はいとうなずいた。

「すごいギターテクだったんだよ。生きていたらレジェンドだったろうなあ」

「飛行機事故でしたっけ」

「うん。小型飛行機ね。ぼくが大学生の頃だったよ。あれはほんとショックだった。あまりの衝撃に、しばらくは抜け殻みたいになっちゃった」

そうでしたか、と美波はしんみりとうなずいた。

「オジーの気持ちを考えたら、もう悲しくて切なくてね。それからますますファンになったよ。オジーはいろんなことを乗り越えてやってきたんだよなあってさ……」

自らに言い聞かせるようにつぶやくお客さんの語尾が微妙に震え、美波はふいをつかれた。

「あ、余計な話をしちゃってごめんね」

そう言って、照れたように小さく笑う。美波はぶんぶんと首を大きく振りながら、いえいえいえと返した。

「お買い上げ、どうもありがとうございました」

「こちらこそ、どうもありがとう」

そう言って、スーツ姿の男性はＬＰ盤を大事そうに抱えて店を出て行った。

美波は帰宅電車での、サラリーマンおやじたちのひどい姿態を思い返していた。思い出しただけでむかむかしてくるが、もしかしたら、今のオジーファンのお客さんも電車のなかでは傍若無人《ぼうじゃくぶじん》化するのかもしれない。と、そこまで考えて、いやいやいや、と美波は一人、首を振る。オジーファンは決してそんな、地味でチンケで図々しい真似はしない。

気を取り直して、棚の拭き掃除をはじめた。清潔な店内で、お客さんが欲しい商品をすぐに手に取れるよう、最大限の努力をするのだ。

先日、オリオンのマスターに、音楽雑誌の編集者を紹介された。よかったら記事を書いてみませんかという話だった。美波はうれしくて小躍りしそうになったが、丁重《ていちょう》に断った。応援しているバンドについての文章を書くのは好きだけれど、自分の興味のないものについてはまったく書ける気がしなかった。そんな仕事は、仕事とは言えない。ただの趣味だ。

今日は開店一番で、「ブリザード・オブ・オズ」を連れて帰ってもらって、気分上々だ。いい一日になりそうだ。

世の中はロックだ！　メタルだ！　ギュインギュイン！　と、オジー・オズボーンのギタリストであったランディ・ローズを真似る。

「お前、なにやってんだ。エアギターしながら泣くのはやめてくれ」

店長に言われ、美波は泣き笑いで、すみませんと頭を下げた。

# 第四話

# 繭子の事情

御手洗繭子《みたらいまゆこ》は、ドアの前に立つクライアントをひと目見て、ぐっと気を引き締めた。人を見た目で判断してはいけないが、第一印象向上推進会の代表として、彼女の第一印象を判断するに、このクライアントは少々厄介《やっかい》そうに見えた。

東《あずま》さよ子、四十三歳、独身。今日は、カラーコンサルティング希望でやって来た。さよ子は、玄関先で腕を組んだまま、繭子のつま先から頭のてっぺんまでをねめつけるように眺めている。

「どうぞ、お上がりください」

値踏みするような笑みを貼り付けたまま、さよ子は無言でスリッパを履《は》き、上目《うわめ》遣《づか》いで無遠慮に部屋中を見回した。

「こちらにお座りになってください」

繭子が促《うなが》すと、さよ子は、

「ずいぶん高そうな椅子ですね」

と言った。繭子は少し首を傾《かし》げて微笑《ほほえ》むにとどめた。

さよ子は、同じ会社に勤める山岸《やまぎし》さんという五十代の女性からの紹介だった。イメージコンサルティングの仕事について、繭子は宣伝を打っていない。依頼はコンサルティングを受けた人からの紹介でしか受け付けないことにしている。お客さんの数はそれで充分だし、見ず知らずの飛び込みのお客さんにひやかされて荒らされるのはかなわない。この業界は、得てして目立ちたがりの同業者が多い。

「はじめまして。わたくし、第一印象向上推進会の御手洗繭子と申します。推進会と言いましても、会員はわたし一人です」

「へえ」

繭子が名刺を渡すと、さよ子は語尾《ごび》を上げて、少々ばかにしたように繭子を見た。

「東さんは、山岸さんからのご紹介ですよね」

朗《ほが》らかに繭子が声をかけると、不本意そうな表情でさよ子はうなずいた。

「山岸さんとは、同じ会社にお勤めしていらっしゃるとお聞きしております」

「ええ、まあ、一応そうですけど、部署はまったく違います。山岸さんは一般職だけど、わたしは総合職ですから」

一緒にしてもらっては困ると言わんばかりの口調だ。

さよ子を紹介してくれた山岸さんは、背が低くちょっと太めで、目と口が小さく団子鼻で、初対面のときはボストン型のブラウンのメガネをかけていた。服装はセーターにスラックスという、どちらかというと繭子の親世代が着るようなファッションだった。

高校一年生、二年生、三年生の年子の息子さんが三人いるということで、さぞかし慌ただしい日々を送っていると想像するが、ご本人はとても穏やかでのんびりしている。笑顔が形状記憶されているような人だが、どこか自信がないように思え、第一印象も決していいとは言えなかった。地味すぎて、まるで印象に残らないのだ。

山岸さんは最初のカラー診断のあと、買い物コンサルティングを三回とメガネコンサルティングをし、繭子が紹介した美容院にも行った。繭子のアドバイスに真摯《しんし》に耳を傾け、そのつどメモを取り、繭子が選んだ服を着た写真まで送ってくれる。とてもやりがいのあるお客さんだ。

山岸さんは短期間のうちに、あっと驚くような変貌《へんぼう》を遂げた。光り輝くような明るさが表情に出てきたのだ。もちろん顔の造作《ぞうさく》は変わらない。けれど表情は別人になった。それまでも笑顔が素敵だったけれど、さらに魅力的な笑顔になった。

家族、友人、同僚からの評判もすこぶるよかったようで、そうなると、山岸さん自身の意識も変わってゆき、姿勢がよくなり、ダイエットにも目覚め、四キロ減ったということだった。輪郭《りんかく》がすっきりとして、以前とはまるで印象が変わった。

すべては意識の問題なのだと、繭子は思う。だらしなくなるか、小ぎれいになるか。お風呂上がりに、面倒がらずに鏡を見ることが大事なのだ。五百八十円のショーツを千九百八十円のものにしただけで、気分はたいそう明るくなり、胸を張って歩くようになる。

真面目で向上心がある山岸さんは、きっと社内の誰からも好かれていることだろう。山岸さんは、さよ子の前にすでに何人かの同僚を繭子に紹介してくれていた。イメージコンサルティングを受けると、必ず誰かに言いたくなる。雰囲気が変わって、友人知人に声をかけられることも多いし、人は誰しも自らの変化を認めてもらいたい欲求がある。

山岸さんが紹介してくれたお客さんのなかには、さよ子と同年代の人もいたし、二十代の人も三十代の人もいた。そして、そのお客さんがまたそれぞれの友達を紹介してくれた。「幸せのねずみ講」と繭子が自ら名づけるごとく、山岸さんを経由して、すでに二十人以上のお客さんに広がった。

山岸さんが最初に同僚を連れて来てくれたのは、もう一年以上前の話だ。そのなかにさよ子は入っていなかった。たぶんさよ子は、同僚たちと時期をずらして山岸さんに打診したのだろう。同僚の変化を見てからにしたかったのかもしれないし、みんなと同じ時期に紹介してもらうのはプライドが許さなかったのかもしれない。

「山岸さん、かなり雰囲気が変わりましたよね。第一印象が以前とはまったく異なったと思います。上品な雰囲気が際立《きわだ》って、さらに素敵になられましたよね」

藺子がそう言っても、さよ子はそれについて答えず、「あのですね」と話の腰を折った。

「はい、なんでしょう」

「カラー診断は受けますが、実際、自分がやるかどうかはわかりませんよ」

「ええ、そうですよね。それは東さんのご自由ですから」

藺子は鷹揚《おうよう》にうなずいてみせ、キッチンに回って飲み物を用意した。

「ザクロジュースです。よろしかったらどうぞ」

さよ子の前にグラスを差し出すと、さよ子は、大丈夫なんでしょうね、と小さくつぶやいた。藺子は聞こえなかったふりをした。

「蒸し暑い日が続きますね。こちらの場所はすぐにわかりましたか」

「今は便利なアプリがありますからね。どんなにわかりづらいところでも簡単に行けますよ。バカじゃなければ」

そう返し、さよ子はあごを持ち上げて、再度部屋中を見渡した。藺子の住むマンションは、駅からほんの五分ほどだ。

「先生はここに住んでいるんですか」

「ここは仕事場として使っています。普段住んでいるのはこの上の階です」

美しく整えられた二十畳のリビング。ゴールドの装飾が施《ほどこ》された大きな姿見《すがたみ》。さがし求めてようやく出合えたブラックガラスのテーブルセット。生活臭がただよう余計なものは一切置いていない。こういう演出だけでも、お客さんの意識はかなり変わる。

「今の言い方、ちょっと自慢っぽいですね」

そう言って、さよ子はひっ、と笑った。

繭子が家族と住み生活している部屋は、もちろん雑然としている。夫と、四年生と三年生の娘との四人暮らしだ。さよ子に、家族構成を聞かれるかと思ったが、聞かれなかったので黙っていた。なるべく私生活と仕事は切り離したい。

このマンションができたとき、まず繭子の両親が買うことを決めた。以前住んでいたところが手狭になり、新たにマンションをさがしていた繭子も下見に来てみたところ、思いがけずよかった。駅から近く、どこに行くにもアクセスがよかったし、なによりも雰囲気がよかった。いい「気」が満ちあふれていたし、ただよう気配も明るかった。繭子はそういう第一印象を大事にする。

「今日はまず、東さんに合った色をさがすことをしたいと思います。カラーは大きく四つのタイプに分かれています。スプリング、サマー、オータム、ウインターです」

それぞれのカラーチャートを見て、さよ子はうなずいた。うなずいたわりに、

「でも、もしカラーが決まっても、実際にその色を身に着けるかどうかはわかりませんよ」

と、先ほどと同じことを言う。繭子は笑顔でゆったりとうなずいて、大きな姿見の前にさよ子を促し、座らせた。

さよ子は半袖の柄物《がらもの》のワンピースを着ていた。大きな花柄が特徴的で、ひと目見てどこのブランドか推測できた。クローゼットのなかの一張羅《いっちょうら》を着てきてくれたのだろう。しかし残念ながら、そのワンピースはさよ子に似合っていなかった。大柄な模様も、黄色とオレンジという色味も、パフスリーブも、たっぷりしたフレアーも、すべてさよ子にはNGだったし、太めのチェーンの金のネックレスも失敗だった。変え甲斐《がい》はあるが、問題も多そうだと感じた。

まずは、シルバーとゴールドのどちらかが似合うかの診断からだ。ドレープと呼ばれる布を、さよ子の肩から首元にかける。

「どうでしょう？　ゴールドだと、お顔が少しくすんで見えてしまいませんか」

繭子はにこやかに、やんわりと伝えた。

「そうでしょうか」

さよ子のつぶやきに、繭子は冷静に耳を傾ける。

「わたし、ずっと自分はゴールドが似合うと思っていましたし、友達からもそう言われてきました」

「ええ、そうですね、ゴールドも決して悪くないと思います。けれど、せっかくの東さんのやさしいお顔立ちが目立たなくなってしまう気がするのです。もったいないと思います。いかがでしょうか」

繭子はシルバーとゴールドのドレープを交互に、さよ子の首元に当てていった。ゴールドを当てると、ゴールドのインパクトが強すぎて顔が死んでしまうのだ。

「シルバーのほうが、さらにお顔が引き立つと思うのですが」

「えーっ、そうですかあ？　わたしは断然ゴールドだと思うわ。ゴールドのほうが目立つし、きれいだもの」

繭子は辛抱強く、シルバーのドレープを当て、「お顔がさらに美しく映りますよ」と、推した。

「えーっ？　そう？　違うと思うけどなあ」

さよ子はどうしても納得できないらしかった。繭子は我慢強く、いかにさよ子にシルバーが似合うかを力説したが、さよ子は繭子の言葉ひとつひとつをすべて否定して、突っかかってきた。それでも、繭子が言葉を尽くすと、最後には、「じゃあ、まあ、いいわ」と渋々とうなずいた。

その後、カラー診断に入った。さよ子のカラーは、ウインターだった。

「えーっ？　ウインター⁉　うっそお？　わたし絶対に自分はスプリングだと思うんだけど！」

憤慨《ふんがい》したように、さよ子が言う。繭子は、再度スプリングのドレープを当てていった。

「いかがでしょうか。スプリングだと、東さんのお顔が引き立たないと思うのですが」

さよ子は決して顔立ちは悪くないが、いかんせん雰囲気が暗く印象が悪い。

「ウインターですと、ぐっと印象がよくなりますよね。東さんのお顔がはっきりと映ります。お顔の輪郭もくっきりして、小顔効果もありますよ」

「はあ？　わたし、自分が太っているとは思ってませんけど？」

「いえいえ、そんなことは言ってないですよ。さらにシャープにお顔が引き立つということです」

繭子は、さよ子がいかにウインター系が似合うかを誠意を持って伝えた。

「ウインターのなかでも、淡い色のアイシーカラーがお似合いですよ」

アイシーカラーというのは、氷を通して見た世界のような、淡くて薄い色のことをいう。基本のウインター色のなかでも、さよ子のサクセスカラーとNGカラーは存在する。さよ子には淡い色調は似合うが、ワインレッドや黒色はNGだ。

カラー診断は、肌質や肌の色、髪質や髪色、骨格やパーツも重要だが、凝《こ》り固まった表情筋にも左右される。さよ子のウインターという基本診断はよほどのことがない限り変わらないが、今後のさよ子の変化如何《いかん》で、ウインターのなかでも似合う色味が変わってくるはずだ。

「えーっ？　こんなパステルっぽい色なんて子どもじゃない。中学生じゃないんだからさー」

さよ子は頰を膨《ふく》らませ、ぷいと横を向いた。

「見てください。ウインターでも、深い緑色や濃いネイビーなどだと暗い印象になってしまいます。けれど、どうでしょう。淡い黄色や水色などは、東さんにとてもよくお似合いです。ぐっと明るい印象になりますよ」

「えーっ、子どもっぽくない？　こんな色の服、売ってるの見たことないし」

「それは、東さんがご自分の好きな色しか見ていなかったからだと思いますよ。こういう色調のお洋服もたくさんあります。本当によくお似合いです」

繭子の言葉に、さよ子はぶつぶつと文句を言った。さよ子は、どうやらはっきりした色味のオレンジや赤や青色が好みのようだった。

「っていうか、冬色なんて残念。がっかりしちゃう」

「残念？」

「そうよ、冬だなんて暗いじゃない。いやだあ、そんなの」

「いえいえ、ただ便宜的に色分けしているだけですよ。しかも冬=《イコール》暗い、ということではありません。見てください」

そう言って、繭子は淡い黄色味がかったクリーム色のドレープをさよ子の胸元に当てた。

「東さんのお顔の色が、ぱあっと明るくなりましたよね。いかがですか？」

「……そうかしら」

「そうですよ。とってもかわいらしいです。ものすごくいいですよ」

「かわいらしい？」

「はい、とてもかわいいですよ」

「そう？　うーん、そうかなあ。あー、でも、そうかもしれないわね。意外とかわいいかも」

さよ子は、ようやく納得してくれた。

通常の倍ほどの時間をかけたカラー診断の後、繭子は買い物コンサルティングやワードローブコンサルティングの説明をした。

「ふうん。買い物コンサルティングをしない人もいるんですか？」

「もちろん、たくさんいらっしゃいます」

「ふうん。じゃあわたしも、買い物は自分で行こうかなあ」

さよ子が上目遣いにつぶやく。

「はい、ぜひ。けれど、たとえばギャザースカートやフレアースカートなどは東さんにはあまり合いませんので注意してくださいね」

「ええ？　なんで？　わたし、フレアースカートがいちばん好きなんだけど」

「東さんの骨格からみますと、フレアースカートだとお尻が大きく見えてしまうんですよ」

「フレアーのほうが、お尻が隠れるんじゃないの？」

「そういう方もいらっしゃいますが、東さんの場合はタイトスカートなどのほうが断然お似合いです。元のスタイルがいいので、ギャザーで隠したらもったいないですよ」

「そうかなあ」

「そうですよ。ぜひタイトスカートをご試着してみてください。とてもよく似合いますから」

「ふうん、わかったわ。気が向いたら試着してみる」

その後、繭子が個人で販売しているアクセサリー類の話題を振ると、一応見たいと言うので、ひと通りの在庫を見せた。

「これ、来た人みんな買っていくんですか?」

「いえ、そんなことはありません。買われない方も大勢いらっしゃいます。もしご希望のものがありましたら、ということです。ご興味があればまた次回でもいいですし。コンサルティングをしたお客様は、ネットでも買えますので」

繭子はURLとパスワードが書いてあるカードを、さよ子に渡した。

「ここに来て買っていく人と買わない人と、どっちが多いんですか?」

カードには目をくれず、挑むような口調でたずねてくる。

「気に入ったものを買われていく方のほうが多いです」

「うちの会社の人たちも買っていきました?」

繭子は正直に、ええ、とうなずいた。

「じゃあ、わたしも買ってく」

さよ子はそう言って、繭子が勧めたシルバー系のネックレスとイヤリングを二つずつ購入した。

「今日のことは一応、参考までってことで、頭の片隅に入れておきまーす」

さよ子は最後、軽い口調でそう言って帰っていった。予定の時間を大幅にオーバーして、繭子はかなり疲弊した。

さよ子のようなお客さんはたまにいる。すべてに関して疑心暗鬼《ぎしんあんき》で、客だからという優位な感情を惜しげもなく向けてくる。横柄な態度で繭子の言葉をいったんはすべて否定し、言葉を尽くしてもらうのを待っている。カラー診断を受けるというよりも、どこまでもほめられたい、賞賛されたい一心なのだ。

さんざん文句を言ったさよ子だったが、きっとすぐに連絡が来るだろうと繭子は予想した。

「さて、と」

繭子は気を取り直して、首や肩を回す簡単なストレッチをし、それからノートパソコンを立ち上げて、Word《ワード》文書を開いた。

再来月、主婦層向けの生活雑誌で、イメージコンサルタントの仕事について取材を受けることになっている。「イメージコンサルタント御手洗繭子」という、立派な記事タイトルまで決まっており、かなりのページを割いてくれるらしい。

繭子の子ども時代から現在の生活まで、これまでの人生について話を聞きたいということだった。繭子はおおまかな時系列をメモして、時間を見つけては、頭のなかで子ども時代からのあれこれを整理している。

繭子は感傷的な人間ではないので、過去を思い出して感慨《かんがい》にふけるようなタイプではなかったが、実際にこうしてこれまでの半生を振り返ってみると、思わず赤面したくなるような場面が多く、我ながら苦笑してしまうのだった。

子ども時代、繭子はほとんど野生児だった。転校だらけの幼少時代。船の関連会社に勤めていた父親の転勤で、二歳から七歳までをシンガポールで過ごし、地元のキンダーガーデンに入った。会話のほとんどが英語だったため、当時、英語は当たり前に話せたが、今度は日本語ができなくなってしまい、それを憂えた父親が家では英語を一切禁止にした。

七歳の秋に日本に戻ってからは、地元の公立小学校に通うことになった。幼少期を海外で過ごしたせいか、元来の性格がそうだったのか、日本の女の子たち特有の仲間意識は、繭子にはどうしても合わなかった。

休み時間に女の子たちがつるんでトイレに行く行動は理解できなかったし、グループ以外の女の子と仲良くすることを禁じられるのもよくわからなかった。

また、海外で身についた癖が抜けきれず、誰にでも気軽に「ハーイ!」と挨拶《あいさつ》してしまうことや、会話の途中での身振り、無意識に作ってしまう大きな表情などの外国人っぽいジェスチャーも鼻につくようで、クラスメイトに注意を受けたり、笑われたりすることも多かった。給食が大好きで、誰よりも早く完食し全種類のおかずのおかわりをする繭子のあだ名は、「食いしん坊」だった。

そんな調子だったので、繭子は必然的に男子とばかり遊ぶようになった。身長も高く、体力が有り余っていた繭子は、男子のなかでも親分格だった。小学校時代は、概して女子のほうが体格がいい。

小学校時代の繭子は、授業の間はかろうじて座っていることができたが、チャイムが鳴ると同時に、ゲートから飛び出す馬のように外に走り出していた。雨の日も雪も日も関係なかった。広いところでかけ回りたい衝動に、ただただ突き動かされていた。今の時代だったら、注意欠陥やら多動などとレッテルを貼られていたかもしれない。

特別仲のいい友達もできないまま、繭子は公立中学に進学した。あれほど毎日一緒に飛び回っていた男子たちは、中学生になったと同時に繭子とは遊ばなくなった。遊ぶ相手がおらず、一人でふらふらしていた繭子は、いつしか悪い仲間とつるむようになっていった。いわゆる不良と呼ばれていたその子たちとは妙に気が合ったし、繭子のことをみんなとてもかわいがってくれた。

髪を脱色し、制服のスカートを究極まで短くするか長くするかして、普段着はジャージにキティちゃんのサンダルという格好をすれば、あっという間にヤンキーの出来上がりだった。繭子は、地元のワルと呼ばれている先輩の家に入り浸《びた》った。たばこをふかして夜の街を練《ね》り歩き、補導員から逃げ回った。

今から思えば自由でもなんでもなかったが、当時の繭子は、これこそが自由なんだと悦に入っていた。自由を満喫《まんきつ》している自分がうれしかった。母に泣きつかれ父には嘆かれたが、大きな声を出して反抗するやり方しか知らなかった。

そんな中学一年が終わろうとしているとき、父の海外赴任が決まった。ドイツのハンブルクだ。繭子は半ば連れていかれるような形で渡独することになったが、繭子自身、窮屈《きゅうくつ》な日本で生活するよりも、未知の海外で暮らすことに淡い憧れもあった。

ハンブルクへ向かう飛行機のなかで、コーラを頼んだ繭子は、日本人のキャビンアテンダントにそっけない態度を取られた。ヤンキー丸出しの格好が気に入らなかったのかもしれない。繭子は内心ムカついた。

だからコーラのおかわりは、わざとほかのキャビンアテンダントに頼んだ。どこの国の人かはわからなかったが、金髪碧眼《きんぱつへきがん》の美しい人だった。そのキャビンアテンダントは、繭子の脱色した髪を見て、「ナイスヘアカラー！」と茶目っ気たっぷりの笑顔を向けてくれた。それから自分の髪を指し、「セイムカラー」とウインクをした。繭子はたのしくなって笑顔を返したが、同時になんだかはずかしくもなり、黒髪に戻そうとひそかに決めたのだった。

　繭子は幼い頃から客室乗務員に憧れていた。機内できびきびと働き、子どもである自分に対しても分け隔《へだ》てなく、いつでも丁寧に、安心できる笑顔で接してくれるキャビンアテンダントのおねえさんはかっこよかった。

けれど、このときのコーラ事件（そう名付けている）によって、少し考えが変わった。客室乗務員になりたいという夢自体は変わらなかったけれど、「感じのいい客室乗務員」になりたい、と思ったのだった。「感じの悪い客室乗務員」には、絶対になるまい！　と繭子は誓った。

　ドイツでは日本人学校に通った。当然日本人ばかりだったが、環境が変わったこともあり、ヤンキー路線はやめた。ドイツでヤンキーはダサすぎた。

けれど、本来の繭子が持つやんちゃ気質は変わらなかった。言葉はまったく通じなかったが、近所に住むドイツ人の友達と遠くまで冒険に出かけて親に心配をかけたり、どこかの家にいたずらを仕掛けては家主に追いかけられたりした。そのうちの何度かは、学校にバレて大目玉を食らった。

　とにかく、じっとしていられなかった。身の内からあふれ出るエネルギーを持て余し、なにをしていいのか、どうしたらいいのかわからなかった。わからないから、身体を動かすしかなかった。

そんなふうに走り回って騒ぎ回ったあと、繭子の心にふとした静寂が訪れる瞬間があった。そういうとき、繭子は一人でハンブルク港へ行った。たくさんの大きな船を見ていると、それまでの動のエネルギーとは異なる、身体の芯からしずかに発する、熱く沸き立つような種類の力が感じられた。

自分はどこにだって行けるし、なんにだってなれる。

そんな根拠のない未来への自信が、繭子をあまねく取り巻くのだった。

ドイツでの生活で、繭子がもっとも興味深く感じたのは、どこにだってダサい人はいるということだった。白い肌に長いまつげ、ヘアカラーでは出せないような多種多様な髪色、猫の目のように美しい瞳、長くて高い鼻に大きな口。扁平顔《へんぺいがお》の日本人である繭子から見れば、みんながみんな美男美女だったが、それでもダサい人はいるのだった。

服装や髪型、起居動作《ききょどうさ》などで、ダサいレッテルはすぐに貼られてしまう。素養があるのにもったいないと、繭子は心から思った。

中学三年の終わりに、また日本に戻ることになった。繭子は急きょ、日本で高校受験をし、なんとか第二志望の私立高校へ滑り込むことができた。

高校の三年間はバスケ漬けの日々だった。かっこいいという理由だけで入部した女子バスケットボール部だったが、二十人の新入部員のうち、繭子一人だけが初心者だった。

繭子は毎朝いちばん乗りで朝練に行き、腹筋、背筋、走り込みなどの基礎体力作りを進んで行った。繭子の身体能力は高かったが、技術的な面では子どもの頃からバスケットに親しんでいる部員たちにはかなわず、万年補欠だった。

高校卒業後の進学先は、当時、客室乗務員になる卒業生が多いと噂のT短大に決めていた。迷いはなかった。

短大時代は、友人らに代筆や代返を頼んでは、ボーイフレンドと遊び呆《ほう》けた。恋の機会は次々と訪れて、繭子は果敢《かかん》に挑んでいった。なかには人に言えないような恋もあったが、この頃の恋愛経験は繭子の人生にとって、とても貴重なものとなった。

はじめて社会というものに触れた時期でもあった。ひとつの出会いを大切にして好奇心を旺盛《おうせい》にしていると、不思議なことに次の出会いに数珠《じゅず》つながりにつながっていくのだった。プロスポーツ選手や芸能人、政治家など、はじめて接する世界の人とも知り合うことができた。

また、短大時代ははじめての海外一人旅も経験した。親には友達と旅をすると嘘をつき、いわゆるバックパッカーでシンガポールから入り、マレーシア、インドネシアとまわった。

　女の一人旅は危険だと言われていたが、薬を盛られないよう飲み物には充分に注意を払い、心根の悪い輩《やから》につけいられないよう、常に背筋を伸ばし、毅然《きぜん》とした態度をとっていたせいか、幸い怖い目には遭わなかった。汚い服を着ていても、歩き方ひとつで、その人の生き方は容易にもれ出してしまう。

　異国の地で、一人で考え行動することはとても有意義で興味深いことだった。心も身体も窮屈なしがらみから解放され、魂が喜んでいるような気さえした。アジアはすごい、世界はすごい、地球はすごい、と、どこに行ってもいちいち感動して、そのつど新しい自分に生まれ変われるような感覚があった。美しい風景も、醜い光景も、すべてが愛おしかった。

　藺子には二人の娘がいるが、彼女たちにも若いうちから世界の広さを体験してほしいという思いがあり、これまで何度か、インドネシアへ家族旅行に行った。五日間だったら、うち二日をディープなところで過ごすという旅だ。子どもたちには、好きなものはなんでも食べていいと事前に言っておく。そうすると屋台の匂いにつられて、そこらへんに売っている、なんの肉だか定かではないものや、ありえないほどあざやかなピンク色や水色のお菓子を食べたりする。もちろんお腹を壊す。御手洗家の旅に正露丸《せいろがん》は必需品だ。

幼いうちは食べたい欲求のほうが勝るので、下痢をしてもすぐに忘れて、なんでもかんでもまた口に入れる。そしてお腹を下して、トイレにかけ込むことの繰り返しだ。

そのうちに少しずつ学習する。長女は、ホテルでの朝食を死ぬほど食べて、その日はそれ以降、どんなにいい匂いに誘われてもお腹が空いても、屋台の食べ物は口にしない方法を試みるようになった。

次女は、屋台では揚げ物だけを狙って食べるようになった。高温加熱しているものだったら、大丈夫だろうと考えたらしかった。それでも次女は好奇心旺盛なので、我慢できずに得体の知れないものを食べてしまうことがある。急な腹痛に襲われ、トイレが間に合わずに裏道にかけ込みパンツを下げたこともあった。あのときは、繭子もさすがに驚いたものだ。

ディープなところばかりで海外に苦手意識を持ってもらうと困るので、残りの二日は観光地をめぐり、観光客用に整備された場所で過ごすことにしている。

証券会社に勤めている夫は、繭子の子育てのやり方を理解していてくれる。娘二人ということもあって、叱ったりしつけたりするのは繭子ばかりで、夫はどこまでも甘くやさしい父親だが、今はもうそれでいいと思っている。最初の頃は、もっと厳しいところも見せてほしいと思っていたが、夫を変えるのは至難《しなん》の業《わざ》だったし、そんな無駄な労力は使いたくなかった。繭子は自分のことを、非常に合理的で効率的な人間だと思っている。

繭子の予想通り、カラー診断の二日後に東さよ子から連絡が入った。

——先生。もう一度、コンサルティングお願いしまーす。髪型とかメイクについて詳しく聞きたいです。

というものだった。繭子の感覚からすると、このようなセカンドコンサルティングの要望は、コンサル料金も発生するのでもったいない気がするのだが、買い物コンサルティングに踏み切れない慎重派のお客さんなどは、セカンドコンサルティングを何度か希望することがある。

実は繭子は今、少し休みを取ろうと考えていて、この先一ヶ月半ほどコンサルティングの申し込みを受け付けていなかったのだが、今、さよ子にその旨《むね》を伝えるのはためらわれた。さよ子はきっとすぐにでも来たいのだろうし、かえって休むという連絡をするほうが面倒なことになるような気がした。

繭子はとりあえず、ピンポイントでこちらの都合のいい日時を指定した。

——ずいぶんお忙しいんですねえ。わかりました。いいですよ、その日で。

さよ子からは、いくぶん気分を害したような返信が届いた。

客室乗務員になることは、夢というより、すでに自分の身の内で決定されていたことだったが、繭子は、短大を卒業する年の応募を逃してしまうという大失敗をしでかした。

ここだけの話、サッカー選手との恋愛に夢中だったのだった。遠征する彼を追いかけては首根っこにしがみつき、甘い時間を過ごしていた。なにをしていても彼のことで頭がいっぱいで、身も心も忙しくしている間に、うっかりと応募時期が過ぎていたのだった。

応募を逃してしまったことについては猛烈に反省したが、後悔はなかった。地に足が着いていないあんな状態で入社試験を受けても、きっとだめだっただろうと、繭子は自分に都合よく考えた。

待ちに待った翌年。なんということか、繭子が狙っている航空会社では採用が凍結されており、募集がなかった。希望の航空会社は決まっていた。子どもの頃から慣れ親しんできた航空会社だ。他の航空会社を受ける気は一切なかった。繭子はその年の入社もあきらめざるを得なかった。

次の応募までということで、藺子は知人に紹介してもらい通信機器会社のテレアポのアルバイトをはじめた。そのうちに上司に声をかけられてその子会社で受付嬢となり、そこで社長に気に入られ、半年ほどで社長付き秘書になった。不思議な縁だった。流れに身を任せていただけで、能動的になにかをしたわけではなかった。ただ目の前のことに全力で取り組んでいただけだ。

社長は、秘書未経験の藺子の多少の失敗は大目に見てくれたし、こうしてくれるとありがたい、ということを、包み隠さず教えてくれた。所作《しょさ》や立ち居振る舞いなどについても、そのつど注意してくれた。手の位置、お辞儀《じぎ》の角度、敬語の使い方、歩き方、書類の渡し方。社長は人になにかを教えることが得意な人だった。

誰かのために動く。その人が一切の煩《わずら》わしさを感じることなくスムーズに次の動作に取りかかれるようにサポートする。自分がなにをしたらその人が喜ぶのかを考えることは、とてもたのしいことでもあった。

自分は縁の下の力持ち的存在が性《しょう》に合っている。この時期、藺子はそれを強く自覚した。効率よく動き、相手に気持ちよく過ごしてもらえると、すべてのパズルがはまったような痛快な気分となり、自分の心まで晴れ晴れとするのだった。

藺子はまわりの人たちに、おおいに助けられていた。そして自分はもしかしたら、とても運がいいのではないかと思った。

繭子はこの運や縁が続いてくれるようにと、よくしてくれた人にはその倍以上の誠意を持って接するよう心がけた。与えられた仕事に誠心誠意尽くすと、次の道が拓《ひら》けていくのだった。もちろん、失敗もあったし嫌な思いをすることもあったけれど、持ち前のポジティブ精神で、自分を高めるよい機会だと捉えた。

その翌年、狙っていた航空会社で客室乗務員の採用募集が発表され、繭子は入社試験に挑んだ。今のようにエントリーシートがなかった時代だ。気合と念を入れて応募書類を書き、書類審査に通過したのち、筆記試験が行われた。

勉強は昔から苦手で特に理数系はだめだったが、この年の数学の問題は利益率を求めるという問いがなぜか多く、バーゲンでセール品を買うことが多かった繭子はほとんど感覚的に問題を解くことができた。自分でも驚くような奇跡的な結果で筆記試験をパスすることができた。

一次選考。昨年の募集がなかったせいもあり、本社ビルに入りきれない客室乗務員希望者で、社屋に入るまでの道路は長蛇《ちょうだ》の列だった。髪をお団子にして、さっそうと背筋を伸ばして牛歩《ぎゅうほ》する、エセＣＡたちの女性の列は異様な光景だったと記憶している。

紺色のリクルートスーツが多いなか、繭子は白いスーツを着ていった。繭子は昔から良きにつけ悪しきにつけ、平均を狙うことが苦手だ。少しでも印象付けようという目論見だったが、周囲の視線は冷ややかで、悪目立ちしていた自覚はあったが、隣にいた人はもっとすごかった。ドレスのような服を着ていたのだった。披露宴の新婦でもおかしくない格好だ。

「素敵なドレスですね」

藺子は気になって声をかけてみた。彼女はにっこりと笑って、「これね」と説明してくれた。彼女は貸衣装屋さんに勧めていて、そこで自分にいちばん似合うドレスを選んで着てきたそうだ。

「ここ一番の勝負服よ」

と自信満々だった。思わず恐れ入ってしまったが、自分が似合うと思っているものと、客観的に見て似合うものは違うのだと思った。TPOはもちろんだが、そのえんじ色のドレスは、残念ながら彼女には似合っていなかった。

一次選考はグループでの面接だった。今はグループディスカッションが主らしいが、当時は面接だった。藺子以外の四人はモデルのように美しく、それだけで妙な汗が噴き出した。各自、自己紹介をして、入社の動機を聞かれた。

自己紹介で藺子は、体力には自信があることを猛烈にアピールした。高校のバスケ部ではレギュラーにはなれなかったが、練習を一日も休まなかったことを話し、ここ三年ほど風邪を引いていないことも付け加えた。

入社動機については、

「子どもの頃から、御社の客室乗務員になることはすでに決めていました！　お客様の安全を守り、快適に過ごしてもらえることがわたしに課せられた運命だと思っています！」

と、繭子はがむしゃらに情熱だけを押し出し、面接官に苦笑された。

それから、全員に同じ質問をされた。「あなたを自分以外の他のものにたとえると？」というものだ。

他の人たちが、

「白色です。何色にも染まれる可能性があります」

「鳥です。大空を自由に飛び回りたいからです」

「小学校の先生です。子どもが大好きで、子どもたちに勉強を教えるのが得意だからです」

などと答えるなか、繭子はなんと答えようかめまぐるしく考えていた。そうこうしているうちに、名前を呼ばれて「はいっ」と立ち上がった。

「あなたを自分以外の他のものにたとえると？」

面接官に聞かれ、繭子は、

「舞《まい》の海《うみ》です。どんなに相手が大きくて強くても果敢に挑んで、ふところに入っていきます」

と、大喜利《おおぎり》のような答えを返した。とっさに口から出ていた。

舞の海というのは、当時活躍していた力士で、百七十一センチという小柄な身体だが、ひるまずに大きな力士に挑んでいくことで有名だった。平成の牛若丸《うしわかまる》、技のデパート、などと呼ばれ、取組みではじめて「猫だまし」という技を目にした繭子は、妙に心が躍ったものだ。

やってしまったか……、と少し不安になりつつも、なんとか無事に一次選考を通ることができた。

二次選考は、英語での面接だった。帰国子女ということで、英語が堪能《たんのう》と思われがちだが、実は繭子はまったく英語ができなかった。幼い頃、シンガポールでキンダーガーデンに通っていた頃はペラペラだったのに、日本の小学校に通っているうちにすべて抜け落ちてしまっていた。

けれど海外生活での雰囲気だけは、しっかりと身についていた。繭子は開き直って、笑顔と身振り手振りで面接に挑んだ。

「成田空港の混雑の解消について、意見を述べよ」と問われ、頭のなかでは日本語でたくさんの意見を用意できたが、それを英語に変換することは難しすぎた。繭子はとっさにひとこと、「terrible…!」と言い、外国人のように手のひらを天に向け、困ったような表情を作って首をすくめるジェスチャーをした。

面接官たちから呆《あき》れたような失笑がもれたが、その堂々かつ、いいかげんなコミュニケーション力が功を奏したのか、奇跡的に二次選考にも通ることができた。

最終選考は、体力テストと役員面接だった。反復《はんぷく》横跳びや踏み台昇降、垂直跳び、腹筋、背筋などだ。これは繭子の得意分野だった。繭子はおそらく首位だったのではないかと自負《じふ》している。何回やってもばてない腹筋に、周囲から拍手が起こったほどだ。

最終の役員面接は主に入社への最終確認だった。掛け持ちで他の航空会社を受けている人も多かったが、繭子は一社しか受けていなかったので、他は受けておりません、で終わりだった。

合否の連絡は電話だった。当時、両親は父の仕事でまたシンガポールに在住していたので、繭子はマンションで一人電話の前に座り、ベルが鳴ったと同時に受話器をとった。

「採用です」

と言われた瞬間の喜びといったらなかった。礼を言って電話を切ったあと、きゃーっと盛大に声をあげ、リビングで三回ほど側転《そくてん》をした。もっといくらでもできそうだったが、三回目に足をテーブルにしこたまぶつけたので断念したのだった。

今日はこれから、さよ子のセカンドコンサルティングだ。コンサルティングとはいえ、さよ子の場合、ただ話がしたい、ほめられたい、という感覚のほうが大きいのかもしれない。

「なーんか、こないだのカラー診断だけじゃ、よくわからなくってえ。もう少し詳しくコンサルしてほしいと思って」

そう言って、さよ子は着席した。

「今日のお洋服のお色味、とてもよくお似合いですよ」

今日のさよ子の服装は、白いブラウスにライトグレーのパンツだった。先週、繭子が勧めたウインター色だ。

「ああ、これ？　タンスの奥にしまってあったの。たまたまウインターだったみたいね」

どうでもいいように言うが、おそらくクローゼットのなかから念入りに選んで着てきてくれたのだろう。

「でも、ブラウスがちょっと乙女チックすぎますかね」

「えーっ？　なんで？　かわいいでしょ？」

「確かにかわいいですけど、かわいすぎます」

　袖口と胸元にたくさんのタックがとってあり、しかもリボンまでついている。さよ子のボリュームのある胸が強調されて、せっかくのラブリーが下品に見えてしまっている。

「こういうかわいらしい服って、男性が好きじゃない」

　不本意そうにさよ子が言う。

　ラブリー系の服を好む男性は多い。繭子は、ラブリー系の服を愛《め》でる男性が苦手だった。愛玩《あいがん》動物じゃあるまいし、過剰にかわいさを求められると、なんだかばかにされているような気がするのだった。

「東さんは、シック系がとてもお似合いなんです。ラブリーものを入れたい場合は、ほんの少しだけ、アクセント程度で充分だと思います。チラ見せの応用です。そのほうが男性陣もドキッとすると思いますよ」

「だって、若い子たちは全身ラブリーじゃないの」

　さよ子は、元々ラブリー系の服が好きなのだろう。フリルやリボンは女の子たちの憧れの定番だ。

「東さん。若い人はなにを着ても似合うんです。若さってすばらしいですよね。でも残念ながら、わたしたちはもう、なんでもかんでも似合う年齢ではないんです。

時代や年齢によって、似合うものは変わっていきます。　体型も若い頃とは変わっているはずです」

「えーっ、わたしは二十代の頃とたいして体重は変わってないわよ」

憤慨《ふんがい》気味に鼻の穴を膨らませる。

「体重ではなく体型です。胸の位置、ヒップの高さ、背中の厚み、皮膚の張り。二十代の頃とはかなり違っていると思います」

「ふうん。そうかしらねえ」

納得できない口ぶりで、さよ子が唇をとがらせながら首を傾げる。

「でもだからといって、今が若い頃より劣っているわけではないのです。今ここにいる東さんで正解なんです。わたしは今の東さんが、さらに輝ける装《よそお》いをご提案したいのです」

藺子が力説すると、さよ子は、

「……そんなに言うなら、まあ、わかったわ」

と、首をすくめた。

「ザクロジュースです。どうぞ」

またこれえ？　というつぶやきが聞こえたが、藺子はさらりと無視した。

「今日は、髪型とメイクのご相談ということですよね」

「ええ。こないだちょっと聞いたけど、あれだけじゃあ、よくわからなくって。あと服についても、もっとわかりやすく説明してほしいし」

　繭子はしずかにうなずいた。

　さよ子は、肩までの髪をがっちりとひとつに結び、前髪を重たくおろしている。ひっつめた分け目には白髪も目立つ。先週、髪についても少しアドバイスをしたが、ほとんどスルーされたので、しつこい提案は避けていた。

　繭子は、さよ子を鏡の前に座らせて、結んでいるゴムを外してもらっていいか、とたずねた。

「えーっ、せっかくきれいにセットしてきたのにい？」

「気になるようでしたら、帰りにまた結ばれたらいかがですか。ドライヤーなどもありますし」

「そお？　ならいいけど」

　そう言って、さよ子はきつく結んでいたゴムを取った。ゴムの跡がついて、髪がへんな具合にうねっている。

「東さんは、あごのラインのボブが似合います」

　繭子はそう言いながら、髪を後ろで持って、あごのラインの長さを作ってみせた。

「前髪は少し伸ばして右分けにすると、やさしいお顔立ちが引き立ちますよ」

前髪を押さえて、右分けにする。

「えーっ？」

出た。さよ子お得意の「えーっ？」だ。

「だって、わたし、あごから耳にかけてのラインがきれいなんですよ。だから髪をまとめているんです。前髪はおでこが狭いのが嫌だから隠してるんです。そのほうが似合うし、かわいいって言われたし」

「どなたに言われたんですか」

「友達に」

「いつ頃ですか」

「うーん、大学のときかなあ」

「すでに二十数年前のことですね」

繭子は穏やかにそう答えた。

「でも、このあごのラインが気に入ってるんです。ここを見せないと意味ないと思うんですけど」

「ボブにしてもあごのラインは見えますよ。むしろそのほうがすっきり見えます」

「すっきり見えるって、わたしってそんなに二重あごですか？」

そんなことひとことも言っていない、と心のなかで突っ込む。繭子は、さてどうするか、と考えた。おそらく、こういうやりとりが延々と続いていくだろう。もちろんそれでもいいにはいいが、基本はメンタル対応ではなく、イメージコンサルティングだ。第一印象向上推進会だ。さよ子だって、イメージを変えたくてここに来たはずなのだ。

「東さん」

笑顔を封印して、繭子が声をかけると、さよ子は一瞬びくっとして繭子を見た。

「東さんはどのような目的で、こちらに来られましたか？　カラー診断や髪型、メイクなどを変えて、印象がよくなったとして、そこからどういうことをしたいですか？」

真面目な口調で繭子がたずねると、さよ子は目を泳がせた。

「どんなことをしたいって……、ええっと、そうねえ……。いつかは結婚してもいいかなあと思ったりもするし……」

繭子は大きくうなずいて、いいですね、と答えた。

「東さんはご趣味とかおありなんですか」

「趣味？　特にないかなあ」

「お勤めが終わったら、家に直行ですか」

「社内でどなたか気になっている方などはいらっしゃるんですか」

「ですね」

藺子の問いかけに、さよ子は顔を赤くして大きく首を振った。

「そうなると、なかなか出会いがありませんね」

「そうなんですよっ！」

前のめりになって、さよ子が答える。

「今はいろいろなサークル活動などがあるので、そういうのにご参加されたらいいと思いますよ。お酒だったらワインや日本酒などいろいろな集まりがありますし、星がお好きなら天体サークルや、植物や花にご興味があれば、そういう会もたくさんあります」

「えーっ、でも、そんなの、なんだかいやらしいじゃないですか。さもしいっていうか」

「さもしい？　まったくそんなことありません。気楽に参加できるお見合いパーティみたいなのは限りなくたくさんありますよ」

「えーっ？　いやだあ。はしたなーい」

乙女のように、ぶるんぶるんと首を振る。

「もしそういう場に東さんが行かれたとして、まずは第一印象なんです。第一印象がいいと、相手も話してみたいと思うんです。わたしは、その出だしのお手伝いをしています」

さよ子が小さくうなずく。

「そこで、重要になってくるのが、先週行ったカラー診断や、今提案させて頂いた髪型なんです。おわかりいただけますか？」

「うん、わかるけど……」

「で、今は、その髪型のお話をしてるんです。髪というのは、第一印象では非常に重要なパーツです。髪型ひとつで印象が大きく変わってしまうんです。わたしは今、東さんにいちばん似合う髪型を提案しています」

「……それがボブなの？」

「あごのラインのボブです。前髪は厚すぎるので少し薄めにして、右分けです。東さんは左目より右目のほうが少し大きくて印象深いので、右目を強調したいんです。メモしますので、美容師さんに見せてもらえたらいいと思います」

「いつも行ってる美容院、イマイチなんだよねえ」

さよ子が、身体をくねらせて言う。

「ご紹介しましょうか」

「えーっ、はじめての場所はちょっとねえ……。あー、でも一応書いてくれる？」

藺子はメモに美容院の連絡先と、懇意《こんい》にしている美容師さんの名前を書いた。

「行く日が決まったら、ご連絡ください。わたしのほうからも連絡しておきますので」

「でも、行くかどうかわからないし」

「それは東さんのご判断にお任せいたします」

ぴしっと藺子が言うと、さよ子は上目遣いで藺子を見て、それからおどおどと視線を外した。

「あとはメイクですね」

「メイクには自信があるんだけど、どうかしら」

そう言ってさよ子がバチバチとまばたきする。

「今お使いのファンデーションの色味、それはベージュ系ですか」

「うん、ベージュ」

「色が濃すぎますね。ピンクオークルがいいです」

「えーっ？　ピンク系だと白浮きしちゃうのよ」

「いいえ、そんなことありません。今こうして見ても、お首の色のほうが白いですよ」

「えーっ？　ほんと？」

繭子は、コホンと咳払いをした。

「東さん、とりあえず、その『えーっ？』っていうの、やめません？」

さよ子の目をしっかりと見据えて、繭子は言った。

「えーっ？」

「ほら、また。『えーっ？』は禁止です」

え、と声に出そうとしたところで、さよ子は自ら口を押さえた。

「わたしは、東さんに似合うものを提案しています。東さんのファンデーションは、ピンクオークルです」

笑顔を封印して言うと、さよ子は黙った。

「それとアイシャドウですが、今日はオレンジブラウンですね」

さよ子がうなずく。

「ブラウン系ではなく、ブルー系かグレー系がいいですよ。淡いパープルなど、とってもお似合いです」

「えーっ⁉」

大きな声を出したさよ子を、繭子がじっと見つめると、「あ、また言っちゃった」と、ぺろっと舌を出した。繭子は、サンプル用に用意してあるブルー系のアイシャドウパレットを取り出して、塗り方の手順を説明した。

「絶対におかしいと思う」

さよ子が言う。

「東さん。東さんは今日わざわざお金を払って、セカンドコンサルティングにいらしたんですよね？　コンサルティングを受けたくて来たんじゃないんですか。コンサルタントはわたしですよ。わたしは東さんにいちばん似合うメイクをご提案してるんです。信じてください」

「はあ、まあ、そうですけど、でも絶対こんな色おかしいですよ。パープルのアイシャドウなんて昭和じゃないですか」

藺子は大げさにため息をついてみせた。しばらく口を閉じる。

「……だってえ、こんなの似合わないと思うから」

言い訳のようにさよ子がつぶやく。藺子は意を決した。

「東さんは、一体なにをしにここにいらしたんですか？　今の自分を変えたいから来られたのではないですか？　これまで通りでいいのなら、それでもけっこうですよ。ここに来られる必要もないです。わたしは東さんに似合うアイシャドウを提案しているだけです。それが納得できないなら、どうぞ今のままで」

ぴしゃりと藺子が言うと、さよ子は突然おもねるような表情を作って、そんなあ、と半笑いで返した。

「それと、チークですけれど、今使われているのはオレンジ系ですよね。ピンク系のほうが似合います。ピンク系にすると、ぐっと若くなります」

「それって、今は老けて見えるってこと？」

「そうですね。もったいないですね」

繭子は遠慮なくそう返した。作戦変更だ。

「うっそー、ショック！　ピンクのチークなんてはずかしくてできないわー」

「できないなら、それでもけっこうです。わたしは提案しているだけですから。ご自由にどうぞ」

繭子は冷静にそう返した。

「やだー、先生。見捨てないでぇ」

「それと、アイラインを引きすぎです。目尻だけで充分です」

「えー、それだと目が小さく見えません？」

「目尻だけで充分です。大事なことなので二回言いましたよ。グレーのシャドウでぼかして、目尻のみラインを引くといいです。アイラインをそんなに太くくっきり描くと、かえって下品に見えてしまう可能性があります。それでもよろしければ、そのままでどうぞ」

真顔で言うと、さよ子は、ひょっとこのように口をすぼめて、上目遣いで繭子を見た。

「あと眉ですが、もう少し長く引いてください。眉山《まゆやま》もしっかり描いたほうがお顔が引き立ちます」

さよ子はなにか言いたそうだったが、なにも言わなかった。

「マスカラは上手にできていますね。そのままでいいと思います。口紅ですが、ちょっと赤すぎます。同じ赤でも、もう少し落ち着きのある色味のほうがお似合いですよ」

「……赤い口紅、流行《はや》ってるじゃないですかあ」

「流行っていても、似合う人と似合わない人がいます。今つけている色は東さんには合わないです。しかし東さんが、どうしてもその真っ赤な口紅がいいと思うなら、それでもいいのではないでしょうか。でもそれだと、ここに来た意味はないですね」

少々きつめに言うと、「そんなこと言わないでえ」と、さよ子は八の字眉を作った。

「わたしはプロです。これまで五千人以上のコンサルティングをさせて頂きました」

繭子は表情を変えずに言った。

「うんうん、そうよね。先生はプロで、わたしは素人《しろうと》」

　さよ子はおどけてそう言って、あはっ、と笑った。繭子は無言のまま、さよ子をじっと見つめた。

「やだあ、そんな怖い顔しないでえ！　ごめんなさいね、先生！　先生の言う通りかもしれないわ」

　さっきまでとは顔つきが違っている。

「わたし、先生についていきます！　アドバイスどうぞよろしくお願いします！」

　突然の変わりようだった。

「わかりました」

　と、繭子はここでようやく笑顔を見せることにした。作戦は成功したらしい。さよ子はこちらがきつく挑むと、とたんに教祖を崇《あが》めるがごとく態度を一変させるタイプの典型だ。

「わたし、先生を信じます！」

　ありがとうございます、と繭子は冷静に答えた。

「……先生。あのね、実は、本当はね……」

「はい」

「わたし、社内に好きな人がいるんですっ！」

突然の告白なのだった。さよ子がバッグからスマホを取り出す。

「この人なの。どうですか？　かっこよくないですか？　この人三十六歳なんですよ。七歳年下。無理かなあ？」

藺子はあやふやに首を傾げた。見ず知らずの人について聞かれても、答えようがない。けれど、八割方無理だろうと感じた。画像の男性は遊んでいそうな雰囲気だったし、まずはさよ子自身が己《おのれ》の性格を見直さなければ、彼氏はおろか人付き合いも難しいだろう。

「わたし、本気で結婚したいと思ってるんですよう。ここだけの話、これまでお見合いも何度かしたんですけどどれもダメで。先生のところに来て、結婚にこぎつけた人もいるって聞いて……」

なるほど。それがさよ子の目的だったのか、とようやく腑《ふ》に落ちた。最初から言ってくれればいいものの、それを言えないところがさよ子という人なのだろう。

確かに、藺子のコンサルティングを受けてから結婚が決まったというお客さんは何人かいた。藺子としては、結婚させることが目的ではなかったが、第一印象を変えたことで、お見合いや紹介がうまく運び、自然とそういう流れになっていったのだった。

これからもっと勉強して、近いうちに「婚活コンサルティング」という看板でもコンサルティングをやっていきたいと繭子は考えている。

「この人ね、ゴルフやってるんです。会社にそういうサークルがあるんです。こないだ一緒にまわったんですよ」

　趣味があるではないか、と心のなかで思ったが、むろん口には出さなかった。さよ子がスマホを操作して画像を見せる。十五人ぐらいの集合写真だった。さよ子は、ばっちりその人の隣をキープしている。

「東さん、ゴルフウェア変えましょうよ」

　繭子は言った。

「えっ？　これ、ダメですか」

「ちょっと厳しいですね……」

　画像のなかのさよ子は、ぴったりと身体にはりつくような伸縮性のある白いタートルネックを着ていた。胸元からファスナーがついているものだ。胸が強調されて太って見えるし、首が短く見える。パンツも白色で、ぴちぴちのパンタロンタイプだった。上下が微妙に異なる白色なので、それも変だった。繭子がＮＧ箇所を伝えると、さよ子は、

「だってこういうのが、ゴルフウェアの定番じゃない。けっこう有名なブランドでかなり高かったんですけど！」

と声をあげた。

「値段じゃないんですよ。それに、世間の定番が万人に似合うわけありません。東さんだけに似合う、とっておきに変えましょう。一気に素敵になりますよ」

藺子が明るく言うと、さよ子はひと呼吸置いてから、

「はいっ！」

と元気よく返事をし、祈るように指を組んで藺子を見つめた。芝居がかっていて、怖いくらいだ。

さよ子はその後、真摯に藺子のアドバイスに耳を傾けてくれたが、コンサルティングの内容よりも、さよ子がいかにその人を好きかという話題のほうが多かった。初恋を経験した女子中学生のように、堰《せき》を切ったように好きな人の話をするさよ子はちょっとおそろしくも感じたが、案外かわいくもあった。

「せんせー。でもお、買い物コンサルティングはまだちょっとどうするかわからないですう。もう少し考えさせてください」

「ええ、もちろん。ゆっくり考えてくださいね」

玄関でさよ子を見送りながら、きっとすぐに連絡が来るだろうと藺子は確信した。さよ子のような人は、基本誰かのせいにしたがるので、自分ではとうてい選びきれないのだ。

さよ子とは個人的には友達になれそうにはないけれど、お客さんとしてはありがたい。ああだこうだと言いながらも、まわりに置いていかれないように、同僚の女性陣の少しでも先を行けるように努力をするに違いない。好きな人への思いが、外見内面の変化を後押ししてくれることだろう。

繭子はスマホを取り出して、時刻を確認する。お客さんにゆったりと過ごしてほしいので、この部屋には時計は置いていない。今日もだいぶ予定時間を過ぎてしまった。通常の倍以上かかった。

繭子は自分のためにお茶を淹れ、少し心を落ち着けた。

「あ、そうだ。あの子に連絡しなくちゃ」

ふいに思い出して、メールを書いた。

――御手洗繭子です。先月の買い物コンサルティングの料金がいまだ未払いになっております。恐れ入りますが、至急お振込み、もしくは書留でお送りくださいますよう、お願いいたします。

そう書いて、これまで何度も記した銀行とゆうちょの振込先とこちらの住所を送信した。

相手は、先月買い物コンサルティングをした山本《やまもと》アリサという、二十代のキャバ嬢だ。信用できる人からの紹介だった。アリサはとても気さくで話しやすく、見た目もかわいらしい女性だ。

蘭子が提案した洋服のほとんどをカード払いで購入したが、コンサル料金の現金は持ち合わせがないから後日でお願いしますと言われ、蘭子もつい了解してしまった。最初のカラーコンサルティングのときにその場で支払ってもらったこともあり、安心して請け負ってしまった蘭子も悪かった。

少しの間のあとでメールの着信音が鳴ったので、スマホを開いてみると、さきほどアリサに送ったメールがエラーとなって戻ってきていた。もしかしてアドレスを変えたのではと思い、蘭子は同じ内容をＬＩＮＥしようとしたが、ＬＩＮＥの連絡先からも山本アリサの名前は消えていた。いそいで電話を入れたが、通じなかった。

「……やられた」

逃げられたのだ。くっそお、と、ついはしたない言葉が口をつく。

「蘭子先生にお願いなんですけど、他のキャバ嬢が依頼に来ても、受けないでもらえますか？」

と、カラーコンサルティングの際、アリサは言った。自分以外のキャバ嬢がきれいになるのは許せないらしかった。気持ちはわからないでもないが、これはわたしの仕事なので、と言い含め、やんわりと断った。

結局その後、同じ店のキャバ嬢が二人、カラーコンサルティングにやってきて、間を置かずに買い物コンサルティングも依頼された。もちろん彼女たちは、きちんと料金を支払っていった。

繭子はアリサが勤めるキャバクラ店に電話を入れたかったが、それはルール違反だと思ったし、おそらく店も辞めていると思われた。アリサの件は泣き寝入りするしかない。

これまでも数件、料金を支払わない人がいた。買い物コンサルティングの未払いだ。服を一緒に選んでくれるということで、友達感覚になってしまうのだろうと繭子は考え、それまで以上に一定の距離感をとるように接したが、それでも世の中には図々しい人がいる。タダ逃げした人には、それ相応の報《むく》いがあるはずだと繭子は思っている。

「〇〇さんが、酔っ払いが吐いたゲロに滑って転んで、買ったばかりの服が台無しになりますように」

と、繭子は軽く念じる。〇〇には、タダ逃げしたお客の名前を入れる。

繭子は、これまで五千人以上のお客さんのコンサルティングをしてきた。みんなそれぞれ、さまざまだった。

以前、ボブヘアが似合うとアドバイスしたら、八〇年代のハウスマヌカンのように刈り上げてしまった五十代の会社役員女性がいた。見たときは驚いてしまったが、彼女の個性には合っていたので本人もまわりも案外納得しているようだったのでよかったが、とりあえず、次回からは刈り上げないほうがより素敵ですと伝えた。

ディズニーキャラクターが描いてある服しか着ないという、個性的なお客さんもいた。旦那さんや成人したお子さんから、変えてほしいと懇願《こんがん》されたということで来店くださった。本人もどうにか服装を変えたいと思っているが、どうしてもディズニーキャラクターに走ってしまうのだと嘆いていた。

繭子は、カラー診断後の買い物コンサルティングで、まずは、おおまかなカラーを変えることからはじめた。ディズニーキャラクターに関しては大きなキャラクターイラストが中心なものから、時間をかけて徐々に小さいものに移行していったところ、ワンポイント程度のものでも満足できるようになった。

最終的にキャラクターなしの服も着られるようになったが、なんとなく名残惜《なごりお》しそうな表情だったので、それならばと、バッグ、靴、財布にキャラクターが施してあるものを勧めたところ、とても喜んでくれた。

イメージチェンジ後の周囲の反応はよく、本人もほめられるとさらに意識して過ごすようになり、今では、はじめて会ったときとはまるで別人だ。コンサルティング前の知り合いに街で会っても、おそらく彼女だと気付かないだろう。

ディズニーキャラクターについては、今はもうキーホルダーだけで満足できるようになった。なにより大切なのは、お客さんの気持ちに寄り添うことだ。が、このケースが成功したのは、過去の教訓があったからだった。繭子は以前、下着からコートまで全身黒しか身に着けないというお客さんのコンサルティングに失敗したことがあった。

彼氏ができて服装を変えたいということで、来訪された。オータム系の深みのある暖かな色味がとても似合っていたので、これまでとは一八〇度変わった装いを提案した。彼氏も喜び、本人も最初はうれしそうにしていたが、あっという間に黒ずくめファッションに戻ってしまった。引き金は彼氏との別れにあったが、繭子は責任を感じた。

本来なら、少しずつ一歩ずつ、一緒に歩んでいかなければならなかったのに、いきなりの大きすぎる変化は、そのお客さんにとっては性急すぎたのだ。はじめての来店のとき、腕に自傷行為の痕《あと》を見つけ気になっていたのに、メンタル部分について抜け落ちてしまっていた。もっと慎重に対応しなければいけなかったと、繭子は反省した。

コンサルティングをして似合う服を提案しても、やっぱりわたしは、こういう色や服が好き！　ということで元に戻るお客さんもいるが、それは前向きな気持ちからの行動だからいいのだ。コンサルティングをして、ワンクッション置いたことで、自分がどれだけそのファッションが好きだったのかも再確認できる。

問題は、後ろ向きなあきらめモードで元に戻ってしまうケースだ。黒ずくめの彼女もそうだった。カラーコンサルティングや買い物コンサルティングをしたことを、他の出来事（この場合は失恋だ）に結び付け、マイナスにとらえてしまうのだ。そもそもその彼女は、黒色が好きなわけでは決してなかった。自分は暗いから黒しか着てはいけないんだという強迫観念にも似た思考で、黒色の服を着続けていたのだった。

強い個性を持っているお客さんを、上手に誘導できなかったケースは他にもいくつかあった。繭子はそのつど深く反省し、問題点を書き出し、次につながるよう勉強した。

また、ご主人がコンサルティングを受けたところ急にモテだして、浮気をするようになり、繭子のところに怒鳴り込んでくる奥さんもいた。百人のお客さんがいれば、百通りの背景やドラマがある。

繭子は先ほど帰っていったさよ子について、勝手な想像を広げる。あの、どこから湧いて出るのかわからない強烈な自信と、人を見下したがる態度。そのくせ、少しでも厳しいことを言われると、今度は一転、おもねるような姿態を見せる。

さよ子は、もしかしたら幼い頃から勉強だけで過ごしてきたのかもしれない。友達も少なかっただろうと想像する。好きな人ができると、自分本位におおいにアタックして、フラれたら、なんで？　どうして？　と、ストーカー並みにつきまとって、嚙みついたに違いない。

自分を変えることなく四十三歳までやってきて、気付けばまわりは結婚している。けれど、婚期を逃したことも、自分のせいだとは露ほども思っていないだろう。男たちの見る目のなさと、自分以外の女たちに、怒りの矛先《ほこさき》をぶつけている。

さよ子を紹介するとき、山岸さんがわざわざ独身です、とこっそり教えてくれたことも、なにかわけがあってのことだろうと憶測する。現実には起こりえなかった、さよ子のいくつかの人生。どこかが一つでも違っていたら、違う今があったのかもしれない。

とそこまで考えて、いけないいけないと頭を振る。大事なお客さんに、自分勝手な想像を押し付けてはいけない。先入観は払拭《ふっしょく》しなければ。

「あ、いけない。もうこんな時間」

繭子は階上の自宅に戻り、すでに用意してあるバッグを持った。娘たちのことは両親に頼んである。今日は、夫も早く帰ってくることだろう。

藺子は出張の仕事も多い。関西方面のお客さんにカラーコンサルティングや買い物コンサルティング、ワードローブコンサルティングの依頼を受けることも多く、ひと月に一度は泊りがけで大阪に出かけるし、アクセサリーを仕入れるのに四ヶ月に一度は韓国に飛ぶ。服飾ブランド会社からの講演、研修の依頼もあり、単発で請け負うこともある。

家を空けることも多いが、子どもたちも夫も協力してくれている。同じマンションに両親がいるのは本当に心強い。支えてくれる人がいなかったら、今の仕事は成り立たなかっただろう。

「行ってきます」

平日の昼。子どもたちは学校で、夫は会社だ。藺子は誰もいない部屋に向かって言い、かちゃりと鍵を閉めた。

念願の航空会社に入社後、短大時代の友人たちが、お祝いに藺子を飲みに連れて行ってくれた。美味しい料理を食べワインを飲み、ほろ酔い加減でカラオケボックスに向かった。おおいに盛り上がって、マラカスやタンバリンを鳴らしながらみんなで歌謡曲を歌っていると、突然画面が切り替わり速報が入った。

四機の旅客機がハイジャックされ、世界貿易センタービル、国防総省本庁舎に突入したというニュースだった。貿易センタービルに旅客機が突っ込む映像が映り、これは現実なのかと目を疑った。カラオケで盛り上がっていた室内は、水を打ったように静まり返った。

九月十一日のアメリカ同時多発テロだった。お祝い会は中断され、繭子は呆然自失状態で帰宅した。

とりあえず風呂に入り身体を温め、そのあと冷水シャワーを頭からかぶった。少し冷静になったところで、ぶわあっ、と強烈な感情が一気に押し寄せてきた。もちろん恐怖もあった。繭子がこれから働く現場での事件。いつなんどき、そういう事態に巻き込まれるかわからない。

けれど、そのとき繭子を取り巻いていたいちばんの感情は怒りだった。それは、犯人に対するというより、暴力が蔓延《まんえん》している地球上の人類に対してだった。身体中の血液が沸騰するかと思えるほどの、はじめて体験するような怒りの感情だった。

そしてほどなくすると、今度は猛烈な悲しみが襲ってきた。息もできないほどの悲しみだった。被害に遭ってしまった人や遺族の方の気持ちを思うと、たとえようのない喪失感が押し寄せてきた。

その日は身体に力が入らないまま就寝したが、翌朝、ベッドの上に起き上がったときの感覚を、繭子はいまだにありありと思い出せる。繭子の身体には一転して、これまで感じたことのないほどのやる気がみなぎっていたのだった。

――わたしは客室乗務員になって、お客様の安全を守り、快適に過ごしてもらうんだ！

ベッドの上でそう叫んだ。はからずも、第一次選考で言った入社動機と同じことだった。

繭子は自分でもよくわからなかったが、昨夜のテロが引き金となって、ぐるぐると思考が一周したあげく、元の位置に戻ったらしかった。

テレビはテロのニュースで持ちきりだった。怒りと悲しみは依然として繭子に根付いていたが、繭子の芯部には、得体の知れないやる気が火柱のように立ち上っていた。


訓練後、晴れて客室乗務員となり、国内線を一年弱経験したあと、国際線への移行訓練がはじまった。大変なことも多かったが、喜びの気持ちのほうが勝っていた。お客様とのやりとりは本当に興味深く、少々厄介なお客様ほど、やりがいがあった。

　お客様のなかには、幼い子どもの泣き声がうるさいと怒り出す人もいたし、機内食が口に合わないと文句を言う人もいた。少しの揺れで過剰に反応して、大丈夫なんでしょうね⁉　とパニックになってたずねてくる人もいたし、空の上で盛り上がってしまったのか、性行為寸前のカップルもいた。

「君、ワインのこと知ってるの？」

と、上から目線でたずねてくる、マイルでビジネスクラスにランクアップした人もいたし、すべての案内が説明不足だ、CAなんてみんな生意気だ、と、ただのストレス解消のごとく、感情的に怒鳴る人もいた。

　繭子はひと目見て、「あ、この人はちょっと……」というのが、感覚的にわかった。エコノミーもビジネスもファーストも関係なかった。

　繭子はひそかに、そういったお客様とのやりとりをたのしんでいた。こうすればこうなる、こう言えばこう返してくれる、というほんの少し先の未来を予想するのはおもしろかった。トラブルの芽にいかに過剰反応せずに、丸くおさめられるかは腕の見せどころだ。結果はその場ですぐに出る。いつしか「繭子はクレーム担当」という、暗黙の了解までできあがっていた。

　モテ自慢と言われそうだが、一度、ビジネスクラスのお客様に、機内カタログに載っているブランドもののネックレスを、あなたにどうしてもプレゼントしたいと言われたことがあった。白いスーツに白いエナメルの靴を履いたいかつい顔の男性で、あきらかにそっち方面の方だった。

藺子は丁重にお断りしたが、「客の言うことが聞けないのかっ！」と立腹し、いくらなだめすかしても納得してくれず、チーフパーサーを呼ぶまでの騒動となった。最終的に渋々納得してくれたが、不機嫌を丸出しにした仏頂面《ぶっちょうづら》のままだったので、

「運命の人だったら、またいつかきっと出会えますから」

と、しなを作ったところ、とたんにうれしそうな表情になった。心のなかで舌を出しながらならば、どんな状況でもとびきりの笑顔で対応できる。

また、あるときのファーストクラスを貸し切った団体客は、著名な占い師さんの集団だった。ロンドンで研修学会があるらしかった。

「ちょっと君」

藺子が機内サービスをしていると、突然呼び止められた。仕立てのよさそうな着物を着た年配の男性だ。男性が立ち上がった瞬間、まわりにいた占い師集団がざわめいた。

「はい？」

「こっちへ来なさい」

繭子はつかの間逡巡《しゅんじゅん》したが、サービスの手を止める繭子をとがめる人はいなかったし、むしろすぐにその人の前に行け、という雰囲気を感じた。

「いかがいたしましたか」

「君っ！」

「はいっ」

男性はしばらく繭子の顔を眺めた。それからおもむろに、

「君は占い師か、自分を広告塔にする仕事が向いている。そうなれば成功する」

とだけ言い、そのまま着席した。周囲からかすかなどよめきが起こった。聞けば、その人は高名な占い師ということで、この集団のトップだと言う。

「あの先生は、ここ十年ほど鑑定はしていないのよ。だから驚いちゃった。こんな珍しいことないわ。あなた、よっぽどなにか持っているのね」

と、集団内の女性に耳打ちされた。

繭子は占いの類《たぐい》にはまったく興味がなく、また信じてもいなかったが、このときのことはとても印象深く、いまだに折に触れ思い出す。

また逆に、トラブルを引き寄せてしまうキャビンアテンダントもいた。お客様との間になにかしらの問題が発生するときは、何人かの決まったキャビンアテンダン

トが対応しているときが多かった。接客態度は、他のキャビンアテンダントと変わりはないのだが、どういうわけかその人が対応すると、トラブルに発展してしまうのだった。同じ制服を着て、同じような髪型で同じようなメイクなのになぜだろうと、考えることがあった。

事件や事故に遭ったことはなかったが、雷が落ちて片方のエンジンが止まったことや、乱気流に巻き込まれることはあった。そういうとき、繭子は頭のなかですばやく何通りものシチュエーションを想定し、すぐに行動に移せるように現実の準備をした。

大きな揺れで緊急のアナウンスが入ったりすると、乗客は無意識のうちに一斉にキャビンアテンダントを見る。全員が全員、同じ方向に首を動かし、客室乗務員に視線を定めるのだ。お客様の視線が集まったところで、にこっ、と最高の笑顔を見せる。それだけで、乗客の不安や心配はかなり軽減される。

また、機内で体調が悪くなるお客様も多くいた。スーツ姿のビジネスマンが、突然バタッと倒れることが当時は多く、ファーストエイドをすることもよくあった。娘たちが幼いとき、何度か熱性けいれんを起こし肝を冷やしたことがあったが、落ち着いて対応できたのはこの頃の体験があったからだ。

客室乗務員として働いているときは、たとえどんなことが起ころうとも、職務をまっとうできる自信が繭子にはあった。けれど、一般客として飛行機に乗った際に乱気流などが起こると、たちまち恐怖心に襲われてしまう。落ち着こうとして、むやみに客室乗務員に話しかけてしまったりする。責任感というのはすごいものだ。自分でも意識しないうちに、未知のパワーを発揮できる。

二十七歳のときに、夫の昌史《まさし》に出会った。ラグビーをやっている従兄からの紹介だった。昌史は大きな体のラガーマンで、子犬のような瞳が印象的な人だった。付き合ってすぐに結婚を意識し、その年に結婚式を挙げた。決めたらぐずぐずしていられない性分は子どもの頃から変わらない。

二年後には長女が生まれ、その翌年次女が生まれた。仕事はもちろん続ける予定だった。当時は今のマンションではなかったが、両親も近くに住んでおり、産休が明けたら手を貸してもらおうと算段していた。

ところが、いったんは繭子の復帰を承知してくれた両親だったが、職場復帰が近くなると、小さい子どもを残して不規則な仕事に戻ることについて難色を示しはじめた。子どもになにかあった場合、すぐにかけつけられる場所にいなさい、と言われ、そうなるともうお手上げだった。確かに遠い海の向こうにいては、子どもの身になにかあったときにすぐに戻ることはできない。

　繭子は最大限に悩んだ末、客室乗務員の仕事を辞めることに決めた。子どもの頃からの夢だった、やりがいのある仕事を手放すことを考えると悔しくて涙が出たが、まだこの世に生を享《う》けたばかりの子どもたちを置いて、遠い異国に行くことは最善の選択ではないと、自分自身納得するしかなかった。

　あのときの決断は今思えば正しかったと、繭子は思う。娘たちの成長をこの目でしっかりと見ることができたし、思い通りにいかないことばかりの子育ては、自分の成長にもつながった。客室乗務員を辞めたことは、新たな一歩へのスタートだったと思える。

　子どもたちが幼稚園に行くようになり、繭子は、手が空いた時間になにか新しいことをはじめようと思い立った。そのときに思い浮かんだのが、イメージコンサルティングだった。

　客室乗務員時代、繭子が得意としていたお客様とのトラブル対処。ひと目見たときのお客様の印象。それらは、たいていが当たっていた。どうして印象がいい人と悪い人がいるのだろうかと考えたとき、それはやはり第一印象なのだった。

　第一印象があまりよくなくても、話してみればとてもおもしろくて人柄がいいと思える人はいたが、最初に感じた印象をきれいさっぱり拭い去るのは、なかなか難しかった。

第一印象は、髪型や身に着けているものでも大きく左右される。誰に対しても同じように接するのは鉄則だが、感じのいい人にはこちらも無意識のうちに快《こころよ》く接してしまう。反対に暗い印象だったりすると、こちらも自然と緊張する。中身はもちろんなにより大事だが、見た目の印象も大事なのだ。

格好を変えただけで不良の烙印《らくいん》を押された中学校時代。ハンブルク行きの飛行機で、繭子のヤンキー的な外見を見て、おろそかな対応をした日本人キャビンアテンダント。ドイツ生活で発見した、世界共通のダサいセンス。航空会社の一次選考で出会った、ドレスを着ていたキャビンアテンダント希望者。どういうわけか、トラブルを引き寄せてしまう客室乗務員。

それらについて考えたとき、共通しているのはやはり見た目なのだった。外側を見た印象で、人は簡単に自分なりのレッテルを貼り分類してしまう。

今思えば、機内でトラブルを引き寄せてしまう同僚は、髪型やメイクが微妙に似合っていなかった。眉の形やチークや口紅の色、そんな些細《ささい》なことでも印象はてきめんに変わってしまう。本人たちももしかしたら、微妙な違和感に気付いていたかもしれず、その不安が自信のない接客につながり、つけいる隙《すき》を与えてしまったのかもしれなかった。

せっかくならば印象をよくして、対人関係をよくするほうが、お互いに気持ちいいはずだ。外見を少し変えるだけでいい方向にいくのであれば、やらなければ損だ。ちょうどその頃、見た目に関する新書などが立て続けに出版されたこともあり、気持ち的に後押しされた。

繭子はさっそくイメージコンサルタントの養成所に申し込み、講義を受けることになった。高額な授業料や材料費には参ったが、たかだかカラーひとつで印象がまるで変わってしまうことは驚きだった。

繭子がコンサルティングをしたかったのは、ごく一般的な人たちだった。特に気になっていたのは、ママ友たちだ。自由に使えるお金が少ない人も多く、自分の着る服は後まわしという人がかなりいた。

繭子は、いかにお金をかけないでその人に似合った服を提案できるのかということを実践したかった。仲のいいママ友たちに声をかけると、喜んで協力してくれた。五千円あれば、街の量販店で複数の服が買える。

節約上手で勘のいいママ友たちは、一度のカラーコンサルティングで自分に似合う色や形の服を把握して、以降は繭子のアドバイスを元に徐々に服装を変えていき、半年も経たないうちにすばらしい変貌を遂げた。

いつしか口コミで広がり、娘のクラスのママたちのほとんどにコンサルティングをさせてもらえ、繭子自身、多くのことを学べる機会となった。

自信がついた繭子は、正規の仕事としてコンサルティングを開始した。最初の頃はお客さんが少ないこともあり、空いている時間を使って、メンタルヘルスや東洋医学などについて勉強をした。精神的に不安定なお客さんもいたし、まずは体質改善からというお客さんもいた。女性で八十キロの体重があると、着られる服も限られてくる。

次女が就学してからは、アクセサリー類の販売もはじめた。本物の宝石である必要はないが、フェイクアクセサリーでも、日本で売られているアクセサリーは高すぎる。お客さんの負担を少しでも減らして、安い金額できれいになってほしかった。

繭子は、アジア、オセアニア、アフリカと、いくつかの国に出向き、商品になる材料と人材をさがした。材料はよくても人材力不足だったり、またその逆もあった。いろいろと検討した結果、最終的に韓国でアクセサリーを作ってもらうことに決めた。

めぼしい卸市場《おろしいちば》のアクセサリー店に出向き、おばさんと直接交渉を試みた。最初は体《てい》よくあしらわれ、話すら聞いてもらえなかったが、そんなことは想定内だ。最藺子は何度もしつこく通い、持参した折りたたみ椅子にどっかと座り、会ってくれるまで店先で粘った。呆れた顔でおばさんが対応してくれたときは、心のなかでひそかにガッツポーズを掲げた。

それからは、四ヶ月に一度ほど、おばさんの店に通っている。直接買えるから安く手に入るし、藺子の伝えたデザイン通りのものを作ってくれる。韓国ならば日帰りでも充分用は足りるし、旅費や手間賃を考えたとしても、日本で売っているアクセサリーよりはだいぶ安く提供できた。

イメージコンサルティングの仕事は順調だった。さまざまなお客さんと出会うのは、スリリングでたのしかった。学生、主婦、ホステス、教師、フリーター、会社員、政治家など、さまざまな職種の人が来てくれる。

ある男性会社社長さんは、ラグジュアリーブランド縛りの買い物コンサルティングで、予算二百万円ということもあった。けれどやっぱり藺子は、市井《しせい》の女性たちに安い予算できれいになってほしかった。いかに低価格で、その人に似合うものをさがせるかは、腕の見せ所だ。

ありのままの自分でいい、年齢や外見なんて関係ない、と思っていても、頭のどこかで、男目線からの「女のあり方」が居座っているのは本当に厄介なものだ。

気持ちはわからないでもないが、むきになって対抗意識を燃やし、おしゃれから遠ざかってしまうのはつまらない。ならばいっそきれいになって、男からの視線など軽く凌駕《りょうが》してしまえばいい。印象がよくなってきれいになれば、自然と自分に自信がついて、年齢や男の視線などどうでもよくなるのだ。

窮屈な思いをしている女性は思いのほか多い。子育てや仕事や家事に追われて、なりふり構わず日々を過ごしている人にこそ、きれいになってほしいと繭子は願うし、応援したい。意識を少し自分に向けるだけで、人は大きく変われる。


娘たちは、そろそろ学校から帰ってきた頃だろうかと、繭子は時計を見る。今日はこれから大きな仕事が待ち受けている。娘たちにもちゃんと伝えてある。

二人の娘は、いつも元気よく働いて、きれいでいる母親が好きだと言ってくれる。すばらしい娘たちを授けてくださった神さまに、繭子は心から感謝する。大好きな家族が協力してくれるから、今日のミッションもきっと成功するだろう。

目的地の駅に着き、バスに乗る。流れる街の風景を見ながら、繭子は今、自分がとても穏やかな気持ちでいると感じていた。

ベージュ色の大きな建物に着き、正面玄関の前で深々と一礼する。今日からしばらく泊まりとなる。繭子は頰をぺちっと軽く打ち、気合を入れてなかに入っていった。

受付を済ませたあと、部屋に案内された。荷物を整理したあと、スマホを確認すると、午前中にセカンドコンサルティングをした、東さよ子からＬＩＮＥが入っていた。

――先生、さっそくですけど、来週にでも買い物コンサルティングをお願いしまーす！

とあった。思わず、ふっ、と笑いがもれてしまう。あれからまだ数時間しか経っていないというのに。彼女のあせりと未来への希望が伝わってくる。おそらくさよ子はすべてを変えたくなったのだろう。

返信はまたあとで落ち着いて書きたかったが、さよ子はきっと既読《きどく》の文字を見て返事がすぐに来ないことに苛立《いらだ》ちを覚えるだろうと思った。不安材料は、少しでも取り除いてあげたい。

繭子は事情を書いて、すぐには動けないことを伝えた。そして、いくつかのサイトからさよ子に似合うコーディネイトをさがし、もし自分で買いに行くのであればこういう感じのものがいいです、と添えた。また、さよ子の住んでいる地域にあるデパートのなかのショップ情報を記載し、このブランドが東さんに似合うと思います、とも書いた。

送った瞬間にすぐに既読がついた。返事を待っていたのだと思うと、申し訳ない気持ちになる。

——ええっ？　すぐに動けないってどういうことですか？　さっきはあんなに勧めていたのにおかしくありませんか？

少々憤慨気味の返信が届く。

——申し訳ありません。実はしばらく入院する予定なのです。退院後すぐにご連絡しますので、しばらくお待ちいただけますでしょうか。本当にすみません。

既読はついたが、返信はすぐには来なかった。どう書いていいのかわからないのかもしれない。部屋を出ようとしたところで、ＬＩＮＥが入った。

——入院って、体調悪いのですか？

——手術の予定があるんです。すみません。

ここでまた一瞬の間《ま》があったが、さほどの時間を置かずにさよ子から返信が届いた。

——どうしたんですか？　だって、さっきはふつうでしたよね？　事故ですか？　大丈夫ですか？　なんの手術ですか？　教えてください！

繭子はまたふっ、と笑ってしまう。なんという強引さだろうか。クライアントとコンサルタントとして、一度しか会ったことのない間柄とは思えない押しの強さだ。さよ子の探究心というか、野次馬的根性に拍手を送りたくなる。

——乳がんの手術なんです。

それだけ書いて送り、続けてスマホをタップした。

——今、病院なんです。いったん失礼いたしますね。

そう送って、しばらく待ってみたが、既読がついただけで返信はこなかった。


乳がんが発覚したのは、一ヶ月ほど前だった。藺子は三十歳を過ぎてから、毎年マンモグラフィーと超音波検診を受けている。がん家系ではなかったし、自分ではまったく気になるところがなかったので安心していたが、検診の十日ほどあとに担当医から直接電話があった。疑わしい部分が右乳房の内側上部に見つかったので、再検査したいという。

さーっと血の気が引いていく音を、藺子はそのとき確かに聞いた。電話を切ったとたんにふらついて、そのまま床に膝をついた。

まだ確定したわけではないのに、考えが先走り、ついにがんになってしまったのだと愕然とした。その衝撃はすさまじいものだった。「死」が頭にちらついて、身体に力がほとんど入らなかった。娘たちの成長を見ることができないのだと思うと、涙がにじんだ。

繭子は呆然としたまま、乳がんに関するサイトを延々と眺めては、落ち込んだり希望を持ったりを繰り返した。

帰宅した夫に打ち明けると、夫は大きな胸を叩いて、大丈夫大丈夫と繭子を励ました。普段は突発的な出来事にめっぽう弱く、繭子以上に落ち込むはずの夫のその態度は、繭子に深刻さを再認識させることになり、かえって落ち込んだが、もしかしたらなにかの間違いかもしれないという一縷《いちる》の望みを最大限に引き伸ばして、なんとかその日をやり過ごした。

翌日、いくつかの精密な検査をした。検査結果は、やはり乳がんだった。わずかな望みは断ち切られた。Ⅱ期ということで幸い転移はみられず、それだけが救いだった。

夫を交えた席で、担当医師から今後の治療や手術について説明があった。そこで、乳房温存か全摘出手術かという選択を打診された。

「今すぐに決めなくてもいいので、ご家族とよく話し合ってください」

医師にそう言われたが、繭子はその場で即座に、

「全摘でお願いします」

と、はっきりとした口調で返していた。

夫が驚いたように目を丸くして繭子を見たが、そう答えた繭子自身がなにより驚

いていた。自分ではない誰かに言わされたような感覚があった。

「即決ですね」

医師が少しだけ朗らかな表情を見せた。

医師の顔を見たこの瞬間、なぜだかわからないが、すっ、と繭子のなかからさまざまな不安や懸念《けねん》が払拭されたのだった。そして唐突に、これはチャンスだと思った。イメージコンサルティングに来るお客さんに、新しい提案ができるではないか！　と思ったのだ。

これまで、乳がんになったという、自身の体験を話してくれたお客さんはいたが、繭子は話を聞いただけで、実際のコンサルティングに結び付けて考えることはしなかった。

むろん、お客さんもそういうつもりで話したわけではなかったと思うが、自分はなんて不遜《ふそん》で傲慢《ごうまん》だったのだろうかと、繭子は今さらながらにはずかしく感じた。自分が乳がんになってみてはじめて、彼女の抱えていたものの大きさに気が付いたのだった。

「大変でしたね」と放った言葉の、なんと空虚《くうきょ》だったことか。繭子は、なにもわかっていなかった。けれど、実際こうして自分が乳がんとなり、乳房を全摘出する今だったら、それがどんなに大変なことなのか、どんな思いで繭子に打ち明けてくれたのか、身をもってわかる。

手術は明日だ。全摘を決めてから、繭子はインターネットで術後の画像を検索しまくった。そして自分の身に寄せて、リアルに想像することを繰り返した。全摘出後のシミュレーションは、充分にできたと思っている。

自分の胸がまるごと消えてしまう衝撃は大きいだろう。当たり前にあったものがなくなることに、しばらくは慣れないだろう。板のようになった胸を見て、涙を流すこともあるだろう。

けれど、そういうことをすべて受け止める準備と覚悟はできていた。その上で、新たな希望が繭子にはあった。自分が被験者になるということは、現実的に必要なものや足りないものが完璧にわかるということだ。これからは、「大変でしたね」という言葉は宙に浮くことなく、その人の胸にしっかりと届くことだろう。

術後のブラジャーなど、今はたくさん出ているけれど、繭子はもっともっとさらにいいものを提案したいと考えている。乳房がなくなったことで、これまで好きだった服が着られなくなるなんてさみしすぎる。なくなったものを思って悲観するよりも、できうる限りの心地よさを求めたい。これからは、身体の不自由な人のコンサルティングもぜひとも展開していきたい。

乳房再建手術についてはまだはっきりとは決めていないが、せっかくの機会なので、いろんなことをしてみたいと思っている。途中経過の写真なども撮っていきたいし、具体的な手順を含め、その時々に感じた気持ちなども事細《ことこま》かに記録していきたい。

昨夜繭子は、夫に胸の写真を何枚か撮ってもらった。昌史の目尻には光るものがあったが、繭子はふっきれていた。長年付き合ったおっぱいがなくなることはさみしかったが、二人の娘に母乳を与えられたことは、なによりの幸せだった。

明日の手術を前に、繭子は今、生きる気満々だった。沸騰直前の湯のように、ふつふつとこれまで以上のやる気がみなぎっていた。

今度受ける雑誌の取材、「イメージコンサルタント御手洗繭子」。幼い頃から今までの自分史に、乳がんの体験も加えることができる。そう思うと、繭子は不思議と高《こう》揚《よう》してしまう。これから手術を受けるというのに、おかしな感覚だと我ながら思う。

ベッドに横になって白い天井を見上げながら、繭子はふいに客室乗務員だった頃の出来事を思い出した。占い師集団に出会ったときのことだ。高名な占い師は繭子にこう言ったのだった。

「君は占い師か、自分を広告塔にする仕事が向いている。そうなれば成功する」

占い師になる予定はないけれど、自分を広告塔にすることはできる。この状況はまさにそうではないか。

　成功するとかしないとか、これまで深く考えたことがなかったけれど、自分を広告塔にすることで誰かの役に立つことができると思えば、俄然《がぜん》やる気が湧いてくる。似合う服が年齢とともに変わっていくように、夢というのも、自分が立っているステージごとに変わっていくものなのだ。

　ふと見ると、スマホが光っていた。開いてみると、さよ子からのLINEだった。

――先ほどはぶしつけなLINEを送ってしまってごめんなさい！　手術が成功して、新しく生まれ変わった繭子先生にお会いしたいです！　買い物コンサルティング、たのしみにしていまーす！

　繭子は小さく微笑んで、東さん、ありがとう、とつぶやいた。

　術後は痛みもあるだろうし、思うように物事は進まないかもしれない。けれど、繭子は知っている。どんなに灰色の雲に覆われていても、どしゃ降りの雨が降っていても、いつだってその上には、輝くような青空が広がっていることを。

――どうもありがとうございます！　退院して動けるようになりましたら、すぐにご連絡しますすね！

　さよ子にそう返信を入れて、繭子はしずかに電源を切った。


〈了〉

# 解説

北村浩子

ユーミン（松任谷由実）の一九八〇年のアルバム「時のないホテル」の中に「5センチの向う岸」という曲がある。自分より5センチ背の低いボーイフレンドとの別れを歌ったものだ。

偶然行き会った友人たちに彼との身長差をからかわれた歌の主人公は、それから彼に優しくすることができなくなる。二人はだんだん気まずくなり、「混んでたディスコ」での涙のチークダンスを最後に別れる。

その頃を振り返って、彼女はこう思う。若いときは人目が大事だ、たとえもっと大事なものをなくしたことに、気付かなかったとしても……。

この歌を聴いていた十代の頃、どうにももやもやが拭《ぬぐ》えなかった。好きな気持ちって、そんなことで減っちゃうわけ？　周りにどう見られるかが関係を左右するの？「向う岸」を渡れなかったのは、渡ろうとしなかったからじゃないの——？

そうやっていくつも疑問（と非難）を浮かばせながら、彼女の「言い訳」はたぶん事実だ、とも思っていた。自分だって人の目に支配されている。香りのいいシャンプー&リンスを買うのも、カットの上手な美容院へ行きたいと思うのも、ソックスの丈《たけ》を微調整するのも、全部誰かの目があるから。誰かに見られているという意識があるから。

ときに人は、他人を（大事な選択や判断の）基準にする。自分らしいと思う行為や行動の中にも、少なからず他人の目が入っている。その考えはあながち間違っていないかもしれないと、年を重ねるにつれ思うようになった。「人目が大事」なのは若いときだけじゃないらしいな、ということも。

この小説は「第一印象を変える人たち」の物語だ。「人目」に映る、最初の、一瞬の自分。数秒、あるいは十数秒とも言われるその一瞬をコントロールすることで、登場人物たちの日々に変化が起きる。

「一瞬」を変えようと思う理由やきっかけはさまざまだ。第一話の主人公、純代《すみよ》のそれは、中学生の娘・彩華《あやか》にダサいと言われたことだった。〈どこにでもいるオバサンの格好〉をしてはいるけれど、純代は別段自分を卑下しているわけではなかった。「没個性」でいることに慣れていた。いとこの靖恵《やすえ》に、イメージコンサルタントの御手洗繭子《みたらいまゆこ》を紹介されたとき純代が疑心暗鬼《ぎしんあんき》だったのは、自分に対する期待や欲がほとんどなかったからだ。

しかし純代は、繭子の提案によって見事に「リニューアル」される。ほんとうに似合う色、髪型、メイク、服。それらを「採用」し、〈とってもいいじゃないの〉と純代が思う場面が印象的だ。自分の外見をいいと思える嬉しさは幸福感に近い。純代は、世界が自分に好意的になったと感じる。縁がないと思っていた「きらきらの人」たちと仲良くなり、大いに楽しい時間を過ごす。

新しい友人たちは、純代にとってかけがえのない存在となる。多少苦手にしていた美人の知人に少しばかり意趣返し《いしゅがえ》をしたい気持ちがあるのだと打ち明けたとき、彼女たちは純代に大人のふるまいをしたほうが得だとアドバイスするのだが「他の人にとっては、まったくもって取るに足らないであろう」ことほど親身に聞いてもらえると嬉しい、という経験は、誰もがしたことがあるものだろう。椰月美智子はこういう、誰しもが持っている「ちっぽけな心」を書くのがほんとうにうまい。ささやかな自負と劣等感の間でくよくよするのは自分だけじゃないんだ、と安心させてもくれる。

第二話の主人公、アパレル会社に勤務するあかねは、純代とはまた違ったタイプの女性だ。夫も子どももいるが〈いくつになっても現役感を出していたい〉〈いつまでも誰かにとっての性的対象でありたい〉と思い、常に自分を律している。彼女が繭子の力を借りて変えるのは自分ではなく、高校の同窓会で再会し、付き合うようになった森村。彼の私服が変わったことで快楽のクオリティも上がり、あかねは恋をする歓びを存分に味わう。

この後に用意されている展開の、滑稽《こっけい》さと苦さのブレンド具合がなんとも絶妙だ。やはり同窓会で再会した元同級生の弘美《ひろみ》と森村《もりむら》がその日の晩に関係を持っていたことを知り、あかねは激しく動揺する。ものすごく太っていて、四十八歳にして孫のいる弘美。そんな女とどうして「できる」のか、自分に対する侮辱ではないかと、そのことを知らせてきた長年の友人の千佳子《ちかこ》にあかねは怒りをぶつける。千佳子は「人は外見だけじゃないのよ」と正しさを持ち出してあかねを諭《さと》すが、腹立ちはどうにもおさまらない。

あかねの憤《いきどお》りは、傲慢《ごうまん》ではある。腹が立つのは、弘美を見下しているからだ。とは言え、自分の価値を勝手に人に下げられたと感じるのは、誰だって我慢ならないだろう。他人の外見のレベルが自尊心をおびやかす。その不思議さ、奇妙さがあかねの心を掻き乱すのだ。

第三話の主人公、二十八歳の美波《みなみ》は、自分の見た目の良さに気付いていない。顔は白く目は細く、背は高いが凹凸《おうとつ》のない体を「鉛筆のよう」だと思い、コンプレックスすら感じている。アメコミと洋楽のレコードを扱う店で働き、大好きなヘヴィメタバンドのライブレビューを書くことに力を注いでいる彼女はある日、そのバンドメンバーの赤坂《あかさか》に交際を申し込まれる。友人を通じて繭子のコンサルティングを受け、革ジャンにブラックジーンズというロックテイストからフェミニン系へと大きくイメチェン。周囲の目が優しくなったことに多少の戸惑いを覚えつつ、充実した日々を過ごしていた美波だったが……。

この第三話では、美波が日常生活で遭遇する無神経な男たちの姿が繰り返し描かれる。満員電車の中がいかに不快かという記述や、「妖怪チョッチョおやじ」というネーミングに、あるある、わかると一瞬笑ってしまうが、それは彼女が感じている怒りを共有できるからこその笑いだ。美波が痴漢に遭ったと赤坂に告げたとき、彼が最悪最低の反応をする場面では、おそらく読者のほとんどが美波になり代わって、心の中で（あるいは声にして）罵倒《ばとう》と呪詛《じゅそ》を投げつけたことだろう。美波の失望は、日本で女性として生きるすべての人が、人生のどこかで感じたことのある失望なのだ。

美波は結局「新しい自分」を捨て「好きな自分」でいることを選ぶ。それもすばらしい選択です、と繭子は心から言うだろうと、ちりばめられていた人物像の断片から容易に想像できる。第四話は、その繭子の物語だ。

顧客に会った瞬間に、どのような距離感が適切かを判断する。態度、言葉遣い、声の高さや笑顔の分量。それらすべてを相手仕様にする。無用なトラブルを避けるため、依頼は顧客からの紹介のみと決めている。ものごとを合理的に考え、自分の機嫌は自分で取る。

純代もあかねも美波も皆一様に思ったように、とにかく彼女は「できる人」だ。相手を不快にさせずに、プロとしての見解をはっきりと伝える。黒子としてふるまい、自分語りなど決してしない。第二話であかねが、うちの会社の専属になってくれないかと繭子に折に触れ打診しているというくだりが出てくるが、繭子という得難い人材をスカウトしたいと思っている顧客は他にもいそうだ。それだけの技量と魅力が彼女にあることは読者にも十分わかる。

〈外側を見た印象で、人は簡単に自分なりのレッテルを貼り分類してしまう〉

繭子が思う通り、そう、人は簡単に決めつける。基本的に人間は怠惰で短絡的だ。血液型や星座、出身地、きょうだいはいるか、どんな学校を出ているか、親がどんな仕事をしているか——それらの「項目」だけで人は「その人像」を作る。「分かる」「知る」のは時間がかかるから、表面的な情報を集めて推測する。推測はやがて断定に変わり、断定はいつのまにか固まって、修正されることはほとんどない。固定観念はそうやってできあがってゆく。

だから、見た目は大事なのだ。人という、面倒くさがりで楽をしたがる生き物が構成する社会で快適に生きていくには「いい視覚情報」を与えることが有効だ。外見を変えれば、人は態度を変える。そのことを繭子は子どもの頃から肌で感じてきた。いくつもの経験と気付きが、繭子をこの仕事に向かわせたのだ。

〈子育てや仕事や家事に追われて、なりふり構わず日々を過ごしている人にこそ、きれいになってほしい〉と願い〈きれいになれば、自然と自分に自信がついて、年齢や男の視線などどうでもよくなる〉と断言する。そんな凛々《りり》しい仕事人の繭子が、人生からあるミッションを与えられたことがラスト近くで明かされる。つらさと苦しさを最大限シミュレートし、やってやろうじゃないのと静かに意欲を燃やす繭子の姿に胸が熱くなる。直前にコンサルティングに来た、すこしばかり扱いづらい顧客と交わすラインの落ち着いた言葉に惚れ惚れする。個人的な事情はシンプルに伝え、相手のリアクションには優しく誠実に応える。こんなときでも感情をあらわにしない。誰にも付き添いを頼まず、ひとりで病院へ行き、生きる気力を漲《みなぎ》らせている彼女は、ため息が出るほど格好いい。

なにかを失うことは、失ったという経験を得ること。賢い繭子は知っている。繭子ならきっと「向う岸」を、かろやかに渡ってみせるだろう。

（フリーライター）

本書は二〇一七年十月に刊行された『見た目レシピいかがですか?』を、
加筆・修正して改題し、文庫化したものです。

著者紹介

**椰月美智子**（やづき　みちこ）

1970年、神奈川県生まれ。2002年、第42回講談社児童文学新人賞を受賞した『十二歳』でデビュー。07年『しずかな日々』で第45回野間児童文芸賞、08年第23回坪田譲治文学賞を、17年『明日の食卓』で第３回神奈川本大賞を受賞。主な著書に、『るり姉』『その青の、その先の、』『14歳の水平線』『さしすせその女たち』『緑のなかで』『昔はおれと同い年だった田中さんとの友情』『こんぱるいろ、彼方』などがある。

---

ＰＨＰ文芸文庫　美人のつくり方

2020年７月21日　第１版第１刷

著　者　椰月美智子
発行者　後藤淳一
発行所　株式会社ＰＨＰ研究所
東京本部　〒135-8137 江東区豊洲5-6-52
第三制作部文藝課　☎03-3520-9620（編集）
普及部　☎03-3520-9630（販売）
京都本部　〒601-8411 京都市南区西九条北ノ内町11

PHP INTERFACE　https://www.php.co.jp/

組　版　朝日メディアインターナショナル株式会社
印刷所　図書印刷株式会社
製本所　東京美術紙工協業組合


ISBN978-4-569-90064-3

PHP文芸文庫

第6回京都本大賞受賞作品

# 異邦人《いりびと》

原田マハ　著

京都の移ろう四季を背景に、若き画家の才能をめぐる人々の「業」を描いた著者新境地のアート小説にして衝撃作。

PHP文芸文庫

# 昨日の海と彼女の記憶

近藤史恵 著

25年前、カメラマンの祖父とモデルを務めた祖母が心中した。高校生の光介がそこに感じた違和感とは。切なくてさわやかなミステリー。